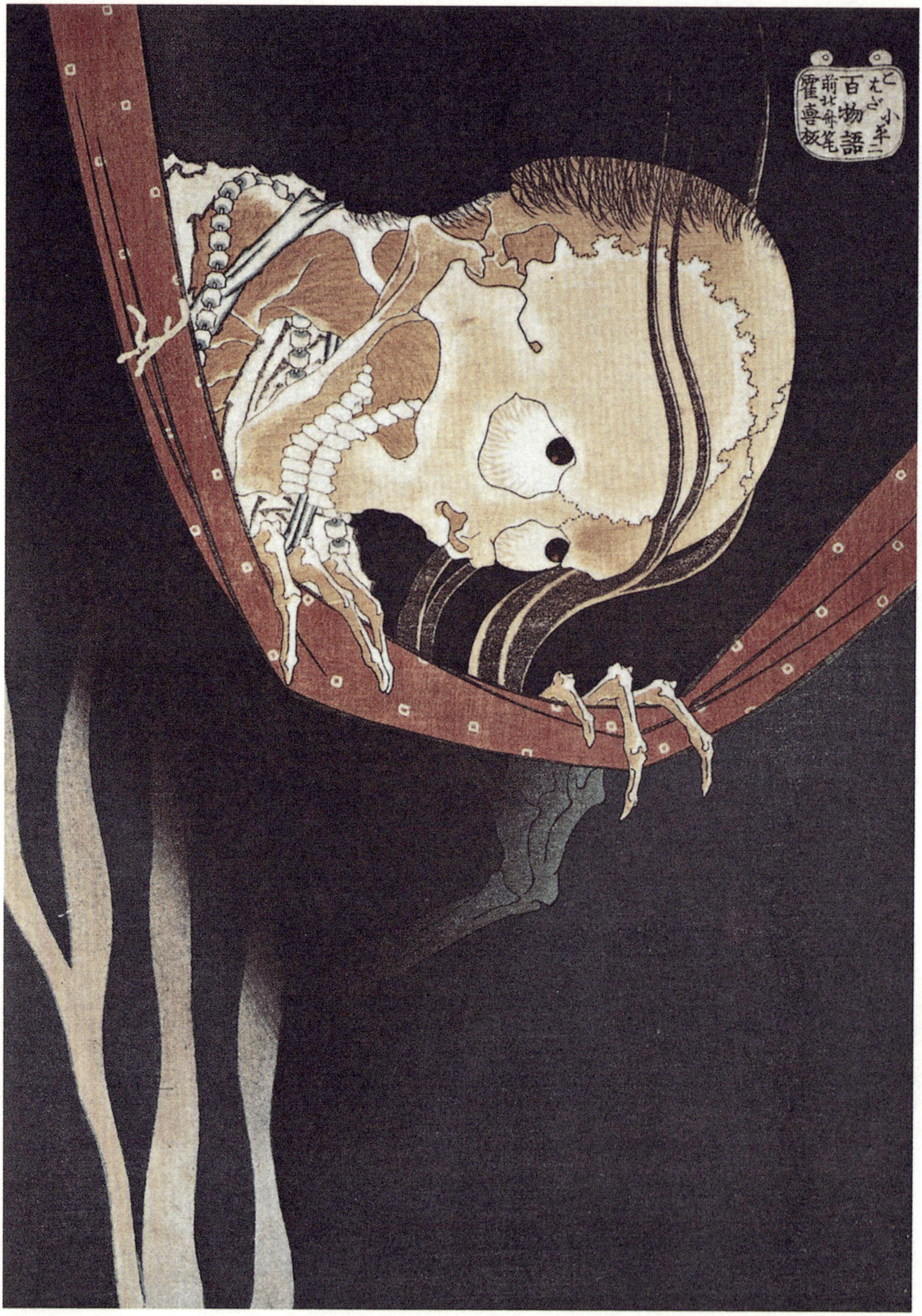
こはだ小平二
百物語
前北斋笔
鶴喜板

日本民间故事

浮世绘全译版

[日]田中贡太郎 著

潘郁灵 等译

湖南文艺出版社
HUNAN LITERATURE AND ART PUBLISHING HOUSE

博集天卷
CS-BOOKY

图书在版编目（CIP）数据

日本民间故事：浮世绘全译版 /（日）田中贡太郎著；潘郁灵等译 . -- 长沙：湖南文艺出版社，2022.3
ISBN 978-7-5726-0451-5

Ⅰ.①日… Ⅱ.①田…②潘… Ⅲ.①民间故事—作品集—日本 Ⅳ.① I313.73

中国版本图书馆 CIP 数据核字（2021）第 230653 号

上架建议：悬疑·小说

RIBEN MINJIAN GUSHI: FUSHIHUI QUAN YI BAN
日本民间故事：浮世绘全译版

作　　者：［日］田中贡太郎
译　　者：潘郁灵等
出 版 人：曾赛丰
责任编辑：丁丽丹
监　　制：于向勇
策划编辑：布　狄　金　哲
文案编辑：王成成　罗　钦
营销编辑：段海洋　王　凤
版式设计：利　锐
内文排版：麦莫瑞
装帧设计：蒋宏工作室
出　　版：湖南文艺出版社
　　　　　（长沙市雨花区东二环一段 508 号　邮编：410014）
网　　址：www.hnwy.net
印　　刷：三河市鑫金马印装有限公司
经　　销：新华书店
开　　本：680 mm × 955 mm　1/16
字　　数：242 千字
印　　张：15.5
插　　页：4
版　　次：2022 年 3 月第 1 版
印　　次：2022 年 3 月第 1 次印刷
书　　号：ISBN 978-7-5726-0451-5
定　　价：49.80 元

若有质量问题，请致电质量监督电话：010-59096394
团购电话：010-59320018

出版说明

日本怪谈文学鼻祖

田中贡太郎被誉为"日本怪谈文学鼻祖",他一生搜集与创作了近千篇日本怪谈故事,其代表作《全怪谈》更是被誉为日本怪谈文学的瑰宝,曾深刻影响了黑泽明、芥川龙之介、梦枕貘、京极夏彦等诸多日本知名导演、作家。

很多人认为,田中贡太郎对怪谈文学产生好奇并开始研究,是在其成为媒体主编之后,其实并非如此。早在幼年时,田中贡太郎便读过蒲松龄的《聊斋志异》,对妖怪文化产生了浓厚的兴趣。从那时起,他就开始搜集日本乡间的种种怪谈故事,并以讲述这些故事为乐。此后的二十年,田中也曾尝试创作过类似的短篇故事,其作品多次被刊登在各大报纸上,正是这一时期的创作奠定了田中后来的创作基调。

真实世界中的"编舟记"

在报社任职期间,因创作的系列怪谈故事深入人心,田中贡太郎便接受了报社的一项"特殊"委派工作:去日本各地搜罗流传在民间的种种怪谈故事，并加以整理，或进行再创作。

谁都不曾想到，这项当初只是为了丰富报纸版面的工作，田中贡太郎竟然坚持做了三十年。从其接受委托到其去世的三十年间，田中贡太郎共搜集整理了近千篇怪谈故事。这些故事起初多发表在各地的报纸上，篇幅短小精悍。随着时间的推移与对妖怪文化研究的日益深入，田中贡太郎将这近千篇故事进行了多次整理与再创作。从一九二二年出版《黑影集》到生前最终勘定《日本怪谈全集》，跨越了二十年。

可以负责任地讲，田中贡太郎毕生只专注于一件事：怪谈故事的编撰。

日本小说家们的灵感宝库

作为怪谈文学创作的后辈，京极夏彦曾多次在各个场合高度赞扬田中贡太郎，称其是"怪谈文学界无人可及的宗师"，并称"田中的作品是我必须随身携带的创作灵感书"。

的确，田中贡太郎怪谈作品产量之高、代表性之强、内容范围之广，皆是之后任何一位怪谈作家都无法企及的。

更难能可贵的是，田中贡太郎在担任报纸与杂志主编期间，还培育出了大批优秀的日本作家，其弟子与友人多达百余人，其中不乏井伏鳟二、田冈典夫、富田常雄、榊山润等影响日本文坛走向的重量级作家。这些作家为纪念田中，称自己为"田中文派"。

近几十年来，随着日本动漫文化的崛起，田中贡太郎的作品多次被重新改编并搬上舞台。大火动漫《夏目友人帐》的作者就声称自己的创作灵感起初便来源于田中的作品。日本知名导演宫崎骏也曾在多部经典作品中用不同的方式向田中贡太郎致敬。在田中贡太郎的家乡，妖怪文化爱好者集资为其修建了博物馆，每年会举办大型相关纪念活动。日本妖怪文学大家梦枕貘在创作其代表作"阴阳师"系列时曾多次沿着田中贡太郎当年走过的路线走访日本各地，搜集创作素材。

时隔近六十年的重访神话之旅

本次重新译介的《全怪谈》、《日本民间故事》和《中国怪谈》在日本被誉为"田中三书"，即田中贡太郎生前最后勘定的三部核心作品。其中《全怪谈》多以作者亲历或亲闻的怪谈故事为核心；《日本民间故事》则是作者在走访日本各地途中所搜集整理的故事；《中国怪谈》则是作者搜集中国民间故事，甚至多次远渡重洋来到上海、广州等地，寻访古旧笔记小说翻译整理后创作而成，全书均为中国背景的神话与怪谈故事，这也是该书首度被引进国内。

在时隔近六十年后，我们的"悉桑派"译者团队经过百余次讨论与搜集整理，终于重新确认了田中贡太郎二十年间的走访记录，并决定用两年时间重启这场日本妖怪文学的"神话之旅"。

在这场历时两年的"神话之旅"中，译者团队走访了日本各地，探访了近百家中古书店，最终搜集齐了散落于日本民间故事中的田中贡太郎作品，并根据作者生前最后勘定的原则，对这批书稿进行了重新梳理，在最大程度上还原了田中贡太郎作品的全貌。

本套书以作者的《日本怪谈全集》与《田中贡太郎全集》为底稿，

相互审校，互为验证，并补充了作者生前未完成的部分内容的增补工作。

可以说，本套书囊括了除书信外，田中贡太郎搜集、改编的所有怪谈文学作品，为世人构筑了一个充满乐趣的"怪谈世界"。

编者

二〇二一年九月

中部

富山县
亡灵客栈

静冈县
怪面具 狐狗狸游戏

四国

高知县
蟹怪 铁匠之母
传世短刀 秃鹭

中国

广岛县
怪脚

冲绳

冲绳县
怪乘客

日本妖怪地图

北海道

关东

关西

北海道
妖蛸 焦土怪谈

神奈川县
山寺之怪 喑哑妖女

东京都
蛤蟆血 文妖传 人偶物语 提灯 貉精
黑色蝴蝶 妖影 四谷怪谈 妖婆

千叶县
吃年糕的幽灵 哑女

兵库县
隧道鬼火
祭奠澡盆的故事

大阪府
神仙河野久

京都府
苍蝇法事

和歌山县
蛇性之淫

壹
飨之祭

贰
阎魔

玖

化物语

壹

飨之祭

收录于作者一九二二年出版的怪谈小说，
该书为作者的日本怪谈小说集。

道饗祭

原稿现存于日本近畿滋贺中古书店，
于首版五十七年后由"悉桑派"
译者探访获得。

吃年糕的幽灵

话说，街上某家酒馆的年轻老板去世了。那一天，葬礼结束后，逝者的亲戚还有前来帮忙办丧事的邻里乡亲聚在一起，喝了所谓的挥泪送别酒。

这酒宴也结束后，大家纷纷睡下了，就在这时，有人"咚咚咚"地叩响了房门。

那家酒馆里还有两三个伙计，也和老板的亲戚朋友一同留宿在酒馆里，可是由于接连两三天忙于老板的后事，疲惫不堪的人们都睡得很沉。

只有酒馆老板的妻子藤代听到了这敲门声。

因为她还沉浸在与丈夫死别的悲痛中，虽与自己的小儿子一同躺下休息了，可翻来覆去地怎么也睡不着。

起初，藤代以为那不过是风声，抑或是老鼠在蹿动罢了，然而后来，传入藤代耳中那有节奏的声音越听越不像是夜风，亦有别于老鼠的动静。

那声音听起来分明像是有人在用无力的手敲打房门。

藤代心里直嘀咕，丧事刚过，正处在一片混乱中，又是大半夜的，不知道来者何人，有什么要紧事。难道是亲戚或者伙计家有什么人害了急病，来唤他们回去?

总之还是起来看看吧,可这深更半夜自己一介女子往酒馆的里院去,实在害怕得很,不如拜托留宿在这儿的叔叔林藏去看看吧。

"叔叔,叔叔。"藤代唤着。

可隔壁房间里,除了轻微的鼾声以外,并没有人回应。

"叔叔,叔叔。"

林藏被这呼唤声叫醒了,回答道:"哦,藤代啊,是在叫我吗?"

"抱歉啊,叔叔,这会儿好像来了什么人,正在敲着里院的门呢。您能去看看这是怎么一回事吗?"

"这样啊,我这就去,也不知有什么急事。"

"咚咚咚"的敲门声再一次传来,这次林藏也听得清清楚楚。

"来了来了,别再敲了,是谁呀?"

他终于爬起身来,在黑暗中摸索着朝厨房走去,走出门厅,慢慢地挪着双脚,穿好了木屐"咔嗒咔嗒"地就走向传来敲门声的里院出口处。

阴暗的天空中,几点寒星闪烁着光芒,四野寂静无声。

"是谁呀?有什么事呀?"

很快,眼前里院的这扇门后再一次传来"咚咚咚"的声音。林藏应声走上前去。他突然想到,这段日子里常听人说附近有强盗出没,这节骨眼实在大意不得,还是要问清楚了再开门才好。

"您是哪位呀?"

颤颤巍巍的声音随着风声一道钻进门来。

"是我呀。"

但林藏却一点头绪都没有,遂又问道:

"我?您究竟是谁呀?"

"您听不出来我的声音吗?"

林藏还是一头雾水。

"真没听出来。您是？"

"我是芳三啊。"

"……"

林藏闻声吓得直打哆嗦，开不了口。芳三正是死去的酒馆老板的名字。

"那您又是谁啊？"这次换门外的人问道。

"我是你的叔叔林藏。"叔叔用发着颤的声音回答说。

"原来是叔叔。正好我有一事相求于叔叔。"

"什么事啊？不管什么事，你但说无妨，我一定照做。"

"叔叔啊，我来，是想拿回属于自己的东西。我的衣服、做活的工具，还有我生前所用的物件，请您帮我把它们都带到我的墓里一并葬了。若不这么做，我心有留恋，怕是无法升天啊。"

林藏闻言心想，原来是这么一回事，侄子芳三说的不无道理。

"好，我答应你。明天天一亮，我就把那些东西都带到你的墓地去埋了。你尽管放心。今后家里的事情，你也不必挂念，大家会尽心关照的。"

"那就拜托叔叔您了。若不这么做，我升不了天啊。"

"好好好，天一亮我就去。"

"多谢叔叔成全。"

"没什么没什么，你还有什么要交代的吗？"

这次门外什么声音都没有传来。林藏心想，可能芳三的亡灵已经走了，他忙不迭地转身跑回去。

叔叔林藏把藤代还有一起留宿在这儿的众人唤醒，转达了逝者所说的话。

第二天一早，大至芳三的衣物，小至香烟，人们把所有东西都打包好了带去墓地，统统埋进了芳三的墓里。

林藏由于还要帮忙打理店里的大小事情，便一直待在过世的侄子家里。

一转眼，逝者的头七到了。在小酒馆里做完了头七的法事后，藤代招待亲戚邻里在店里享用了传统的精进料理[1]。那一天从一大早起，藤代就忙得晕头转向。直到傍晚时分，客人们纷纷离去，夜里十点左右，藤代才终于躺下。

叔叔林藏也因为小酌了几杯，有些不胜酒力。小睡了一会儿后，他起身去方便。正在这时，里院又传来了敲门声。林藏吓得一动也不敢动，站在原地仔细听。

敲门声再次响起。林藏想，怕是芳三还有什么话要交代吧。尽管他心惊肉跳，战战兢兢，但躲也无处躲，不知如何是好。紧接着，他想起了藤代的父亲，那天他也一同留宿在酒馆里。

"亲家，你醒了吗？"

叔叔林藏推开纸拉门的声音惊醒了藤代的父亲，他睁开惺忪的睡眼回应着："啊，是他叔叔啊。"

"唉，是我啊。出怪事了！你这会儿能起床跟我去看看吗？"

"这就起。出什么事了？"

"他又来了！"

"你是说芳三？"

藤代的父亲刚起身，闻言后便愣愣地蹲坐在床铺上。

"没错，那里院又响起了敲门声，我正要过去，亲家你随我一道去看看吧！"

"那就一起过去吧。"

藤代的父亲站起身，走到了林藏的面前。

"实在多有打扰了。"林藏抱歉地说道。

于是，林藏在前面先行，藤代的父亲跟跟跄跄地跟在后面，两人一同在骏黑的夜里摸索着走到厨房，又从那儿走到屋子门口，两个人一路上都沉默不语。

不知是错觉还是什么，那一夜似乎尤其黑暗无光。

---

1 在日本，把素食者称为精进者，素食则叫作精进料理。——编者注

敲门声响起来了。

"有什么事吗？谁在敲门呀？"

林藏问话的声音沙哑还透着战栗。

"是我呀。"

门后传来微弱又发颤的回答声。果然是芳三的声音！

"芳三哪，这次是又有什么想要交代的吗？"

"正是。前阵子，叔叔将我的吃穿用度埋在墓里，我悉数收到了。可是现在心里还挂念着家里的钱财，还有劳叔叔无论如何要把钱也埋进墓里才好。"

"钱？"

"是的，钱。我心里实在是放不下，到现在也无法升天。"

虽说是要把钱给亡人"送"去，可林藏也不知道要埋多少才好，再加上当初给芳三求医、办丧事都花了不少，林藏也知道如今这家里没剩多少钱了。

"那你想要多少钱啊？"

"这并无什么说法，五十两左右便可。"

"虽说给你看病还有办葬礼都少不了花钱，如今怕是你家里也没有什么钱了，但五十两的话，说什么也能凑出来吧。"

"那就有劳叔叔了。"

林藏心想，这事不跟藤代的父亲商量一下有些不妥，转身问道："亲家，芳三都这么开口了，咱们得把这钱给他埋了吧？"

藤代的父亲也想，如今只能如此了。于是，他回答说："亲家所言极是，他都开口了，咱们照做就是了。"

林藏冲门外说道："就这样，我们明天一定把钱给你埋好，你别再有所留恋，放心西去吧。"

"多谢叔叔！"

"家里的事不用担心，你岳父大人在呢，以后大家都会好好相处，我和你岳父大人也会好好照顾你的小儿子，不必担心。"

"好，那我就去了。"

"切莫挂念，安心去吧，"藤代的父亲也哭着对门外说着，"芳三啊，你不要担心，我和你叔叔会好好照顾藤代还有孩子的。"

此时门外已再无应答声。

"看样子是走了，这孩子还是有所留恋，才迟迟无法升天啊。"

"您说得是啊。"

两个人一边哽咽地说着，一边往屋内走。

酒馆老板的亲戚们准备第二天就将五十两埋入地下，由于担心凶恶之徒知道这事后把这钱抢走，所以他们对外秘而不宣。可没想到，这件事还是很快就在镇上传开了。

胆小的人都不敢在夜里在酒馆附近到埋葬芳三的寺庙墓地这一带游走。

就在那时候，发生了这么一件事。

有一个在邻村做买卖的小贩，某日深夜独自走在回家的路上。适逢新月高悬，一路上明晃晃的。走着走着，他到了郊外一处小神社前，那里有五六棵树，赶脚的人时常会把驴或骡子拴在那树下，小贩发现，就在沿着路边那几棵树根部黑咕隆咚的地方，有一个白色的东西正一闪一闪地发着光。

小贩心想，估计是村里的小伙子正在等着前来幽会的姑娘吧，于是他并没有将其放在心上，自顾自地继续往前走。

突然，那白色的东西慢悠悠地晃到了小贩的面前，乍一看像是一个穿着白色浴衣的人影。可当小贩一下将视线挪到那人脸上，才看见那是一张瘦小的脸，小小的口中却垂有一条骇人的长舌头，晃悠悠的长舌头似乎连下巴都给遮住了。

小贩吓坏了，转身正要跑的时候却不知怎的突然倒地，失去了意识。就这样，又过了一会儿小贩才醒过来，头脑昏昏沉沉的小贩一心想快回家去，他将自己从头到脚摸了一个遍，结果发现原本严严实实藏在怀里的钱包不翼而飞了。

小贩的奇怪遭遇也在那时候一传十，十传百。镇上的女人和孩子更加害怕了，夜里都足不出户。

大概在小贩遇袭的十天后，又出事了。一个马车夫受米店之托，用马车将米运回去，车夫在回去交差的路上喝了几杯。夜深时，那车夫从一条陋巷走过，冷不丁从旁边的竹篱笆里蹿出一个穿着白衣服的人影，那人影慢慢地靠近车夫，双手紧紧攥着自己的衣服前襟。这车夫见到这一幕惊骇不已，再朝那张脸看去，只见白衣人的口中赫然垂着一条又长又大的舌头。

车夫吓得站都站不稳了，身子猛地倒向手握缰绳的一侧。许久后，车夫终于恢复了意识，却发现自己的钱包不见了，车夫心想怕是遗落在某处了。

一袭白衣的长舌幽灵的传言闹得人心惶惶。也是在这时候，有这么一个奔走各处以卖年糕为生的男人来到此地。

某天深夜，这个男人卖完年糕从邻村返回自己所在的村中。那一夜，明月高悬，四野亮堂堂的，但是卖年糕的男人也听说了那长舌幽灵的传言，故而每一步都走得战战兢兢。

不一会儿，他走到了一个长有低矮灌木的小山丘。那小山上有一片田地，看起来像是种着些萝卜之类的作物。田地边上有个堆放肥料的小屋，男人爬上山坡刚走到这个小屋附近，眼前突然闪现一个穿着白衣服的人影！那白衣人影双手搭在衣服前襟上，正一蹦一跳地向他逼近。

他定睛一看，只见白衣人口中悬有一条长舌头。卖年糕的男人突然向后倒了下去，不省人事，他的脖子上还挂着用包袱皮包好的年糕盒子。

过了良久，卖年糕的男人终于渐渐苏醒过来，他瑟瑟发抖地看到了奇怪的一幕：穿着一袭白衣的幽灵正蹲在一个盒子前，像是在吧嗒吧嗒嚼着什么，那盒子看起来像是自己的年糕盒子。

此时的男人不敢发出声音，因为他不知道一旦惊动了那幽灵，自己是否会遭遇不测。于是他凝神屏气地注视着眼前的这一幕。就在这时，白衣幽灵将手伸进了年糕盒子，从里面掏出了一块年糕便塞进口中，却不见骇人长舌，只有一条灵活的小舌头咀嚼得津津有味。

卖年糕的男人脑中灵光一现。他听人说起过，幽灵是不会像人一样吃年糕这类东西的。男人头脑渐渐清醒起来。他仔仔细细地打量着眼前的"白衣幽灵"。那分明是一个长着瘦小脸庞、贼眉鼠眼的活生生的男人。

"果真是人！还是个吓唬行人盗取财物的贼人！"

卖年糕的男人趁其不备，一下跳到那"幽灵"面前。"幽灵"自是吓了一跳，甩开卖年糕的男人张皇逃窜。

"有贼啊！有贼啊！快来捉贼啊！"

卖年糕的男人高声喊着，追着那贼人跑了不知有多远。

原来，那白衣幽灵是镇上一个嗜赌成性之徒。

这贼人最终被卖年糕的男人制服并扭送到了镇上的监牢里。而他口中那骇人的长舌头呢，不过是蒟蒻制成的。

酒馆的人们也听说了这件事，心有疑虑，遂将坟墓一旁埋着钱的地方挖开来，想看个究竟。果不其然，原本埋进去的衣物也好，银子也罢，所有物品全都不见了，人们这才知道这一切都是那贼人的诡计。

本故事是笔者以明治维新[1]之际，千叶县某地发生的真实故事为蓝本创作而成的。

1　1868年，日本政府开始实行一系列改革，以西方为榜样，全面改造日本，史称"明治维新"。同年10月23日改元"明治"，1868年即为明治元年。——编者注

山寺之怪

和老板下了几局围棋后，武士感觉有些腻了，便让老板陪自己到后院看风景。这是一家位于箱根[1]汤本温泉的旅馆，建在一片研钵似的洼地的底部，院前是一条形似药碾子的溪流。已经是下午四点多，阳光变得温柔，静悄悄地洒遍了溪流对岸的山林。山脚下的溪边开满了红色和紫色的杜鹃花，在嫩绿色的树叶衬托下熠熠生辉。

武士看了一会儿花，花很漂亮，又抬头看山。山并不高，但树木繁茂，如同铺了一块绿色的天鹅绒毯。武士喜欢这座山。他对老板说："我想到那座山上看看。"

"去那座山吗？"老板的脸色有些为难。

"离晚饭还有一会儿，现在去转转，正好回来多吃一点。"

"那儿住着山精，天快黑了，正是它们出没的时候……"

"什么山精，是天狗还是树精啊？"武士哂笑道，"还以为是座普通的小

1　位于日本神奈川县，从江户时代（1603年起）就被视为温泉疗养圣地。——编者注

山，经你这么一说，我倒更想去看看了。"

"这种话可万万说不得！家父生前曾跟我说过，若是误打误撞闯进山里还没什么，若是明知有山精还要去，那是一定会遭报应的。有人不听劝，结果一去不复返；也有人迷了路，不小心撞见山精，回来后大病一场。客官，我说的句句属实，绝无虚言！"

武士哈哈大笑，说道："老板，认识我腰上的牌子吗？我可是将军的亲戚，纪州藩主府的将官。哪怕是真的有山精、树怪，我身为武士，也绝对不会打退堂鼓！你要是害怕，我一个人去就是。"

武士从纪州来，要去江户的纪州藩邸。这一趟并没有什么要紧的事务，便想在箱根逗留两三天。

老板是个实在人，他怕客人在山上有个万一，影响旅馆的声誉，仍旧努力想要阻止武士："但是客人……这箱根的山，自古以来就是山精的乐园，不是人可以涉足的地方啊。"

武士不耐烦地打断他，说道："无稽之谈，世上哪有什么山精！你在旅馆待着吧。我是一定要去的！"

"可是客人……"

"别说了，我去去就回。"说完，武士向院子右边走去——那儿有一扇竹编的栅栏门。武士打开门，走到外面。他之前从这道小门去过溪边一两趟，也算是轻车熟路。

门外是一片杂草和灌木，右手边有一条通往箱根八里镇的近道。这条道一直向下，过一座土桥，到对岸后沿着山脚曲曲折折通向溪流的上游。武士越过草地，走上近道，又过了桥，在道路分岔口选择了折向左边的小路。

眼前出现一棵大树，树枝耷拉着，似乎是栗树。武士无意中抬头看了一眼，不由得倒吸了一口凉气。一条灰色条纹的大蛇缠在树枝上，看上去足有两三米长，高高地仰着头，嘴里吐出血红的芯子。

武士停下脚步，定定地盯着它。只见大蛇松开树枝，掉在地上，扭动着身子爬进矮竹丛中。在对岸看时，觉得山上是一片草地，走过来才知道这里全是箱根特有的矮竹和一些杂树，足有一人多高。

武士有点失望，有它们挡着，估计到山顶也看不到什么好风景了。要不原路返回算了？他正在犹豫，右脚的木屐踩上了一截枯枝。不对，这比木头软了许多。武士心中奇怪，赶忙退了一步，低头去看。脚下竟然是另一条三尺多长的大蛇。大蛇浑身长满黑色的鳞片，闪闪发亮。武士伸手握住刀柄，准备随机应变。大蛇倒是不慌不忙，慢慢地向右蠕动，压得身下的枯叶沙沙作响。武士手起刀落，把大蛇的尾巴砍了下来，大蛇拖着血淋淋的身体消失了。

武士摩挲着自己的脸颊，胡子刚刚剃过，还留着青色的胡楂，嘴角泛起一丝冷笑。

矮竹与杂树交错丛生，小路起起伏伏，似乎已经到了谷底。武士不时小心地看看脚下，地上满是蕺菜（又名鱼腥草、折耳根）似的野草。远处不时传来轰隆隆的怪声，可能是自己方才穿过的那条溪流发出的水声吧。

矮竹和杂树越发茂密。武士双手分开枝叶，艰难地前行。人刚刚走过，树枝便悄无声息地再次合上，不留一点痕迹。不过树丛越密，武士的胆气越豪。

又走了大约十多里地，夕阳下，一片天鹅绒毯般的山顶闯进了视线。脚下是一片平地，杂树和矮竹消失不见，只有开满了花的小树。武士认不出这是什么树，但枝头的花朵真是漂亮——如樱花一般娇嫩，山茶花一般艳丽，牡丹花一般雍容，蜡梅一般清雅，杜鹃一般美艳。峰顶就在前方不远处，起起伏伏的轮廓像假山一般。

这儿是一块洼地，远处的风景自然看不到了，但光是这片花海就已经足够赏心悦目。几只黄莺在枝头翩翩起舞，云雀唱着歌儿飞向天空。云霞铺满天空，鸟儿们躲进云朵里，只听得见声音，看不见踪影。不一会儿，又斜刺着冲下来，消失在花丛中。树下是翠绿色的草地，如同毛毯一般柔软。明明是一处风景绝佳的胜地，却被旅店老板说成了山妖的巢穴，武士心里一阵冷笑。还没到山顶，景色已经是这样美不胜收，顶上想必更不得了。

武士想尽快登上山顶，好赶在日落前回到旅馆。他抬头望去，只见细密的草地间有一条小溪流过。溪水澄澈透明，溪上架着一块大石板，当桥来用。武士沿石板过了小溪，走进对岸的花林中。黄莺依旧在树枝间嬉戏，云雀依旧从枝头飞向天空，花香依旧沁人心脾，似乎从一开始什么都没有变过。

　　花林看起来只有几百米长，却怎么也走不到头。武士心里有些纳闷，感觉足足走了有几里地，却始终走不出去，他不禁停下了脚步。

　　这时他忽然发现一座又小又破的山门。武士松了口气，看来是有寺庙，有庙应该就有人。武士兴冲冲地进门，却发现门后是座只有一间正殿的小庙。殿门洞开，佛坛上供奉着一尊已经发黑的金佛。院子里杂草丛生，武士朝正殿走去，想看看有没有人。

　　说是正殿，其实寒酸得很，连檐廊都没有。殿里没有什么物什，铺着一张发黄的破草席。武士再去看那佛像，却发现佛像竟没有左眼。武士从没见过单眼的佛像，还以为自己看错了，又仔细将它打量了一番，的确是一尊只有右眼的佛像。

　　武士正在啧啧称奇，却见一老一少两个和尚正在大殿左侧弈棋。老和尚瘦骨嶙峋，穿一件灰色的破法衣。武士正想过去跟他打招呼，老和尚身子朝向左边，脸朝这边看向武士。他只有右眼，没有左眼。武士又惊又怪，又看向小和尚。小和尚也缺了只眼，不过是缺了右眼。

　　"怎么回事？佛像和两个和尚都只有一只眼，这也太巧了吧。"武士吃惊地又去看佛坛。佛坛两侧立着几尊罗汉像，也都只有一只眼。武士望向天花板，天花板上有众多用深蓝和朱红色的颜料绘制的天女和凤凰，巧的是它们也都只有一只眼。武士又望向右边，右侧的墙壁上有许多颜料都剥落殆尽的古壁画，壁画中的狮子、乌龟和雉鸡等都只有一只眼。两个和尚旁边的墙上也有壁画，画中的狮子和麒麟果然也都少了一只眼。武士越看越心惊，他佯装镇定，盯着老和尚问道："这里是什么地方？"

　　老和尚神色悲伤，颤抖着嘴唇说："这里叫'单眼山一目寺'。常人万万来不得的，您为什么要来啊？"声音里甚至带着一丝哭腔。

"这样啊……"武士下意识地转身想逃，但自尊心又不容许他这么不体面。武士脱下木屐，鼓起勇气来到佛像面前，从怀里掏出钱包，拿出一粒金豆子，供在佛前。

"佛祖啊，请您睁开另一只眼吧。"话音刚落，佛像啪嗒一声张开黑色的大嘴，"哈哈哈"大笑了三声。一时间，罗汉像、老和尚、天女、凤凰、孔雀、仙鹤、雉鸡、狮子、麒麟、人像……殿里所有的有形之物一齐大笑起来。它们是在嘲笑武士的无知。

武士又害怕，又惊讶，脑子里一片空白。他连滚带爬，穿上木屐，冲出门外。殿外已经黑下来了。

突然有人叫他："大人，大人，要不要坐轿子？"武士这才回过神来，看见一乘小轿停在路边，轿夫正靠在轿子上休息。武士一心想要离开这可怕的地方，赶忙回应道："好，好，好，快送我去汤本的旅馆。"

轿夫立刻招呼同伴："喂，兄弟！这位大人说要坐轿子！"

"好嘞！"轿夫们把轿杠放下，让武士上轿。武士来到轿旁，刚要抬脚，无意间看了一眼轿夫的脸。他长着个大红头鼻子，面貌丑陋，没有左眼。武士暗暗叫苦，看向另一个轿夫——果然，他也没有左眼。武士心里害怕，却又不敢让他们看出来，只得故作镇定，昂首挺胸上了轿子。

这时后面的轿夫说道："大人，我们会抄近道过去。您要是睁着眼，会觉得特别难受，不如就闭上眼睛休息吧。"

武士心想，两个轿夫有什么可怕，要是敢作怪，拿他们祭刀就是。于是接口道："好，我这就闭眼。"这时前面的轿夫又说："呀，呀，两只眼睛的人容易迷路呀。"武士傲然说道："别胡说八道了！快走吧！"

轿子却还是不走，后面的轿夫又说："大人，您可千万闭上眼，让您睁的时候再睁！"武士不耐烦地答应："知道了。"这时才觉得轿子离开了地面。

轿夫们大喊一声，轿子动了起来。武士闭上眼睛，心里却不敢松劲，仔细感受周围的动静。轿子稳稳当当地向前走，一点都感觉不到颠簸，不知是因为道路太平坦，还是因为轿夫的脚压根就没着地。

轿子走得飞快，甚至还带起了尖锐的风声。武士心里好奇：两个轿夫是怎么抬的轿子，怎么能走这么快？只是他答应了轿夫不睁眼，当然要遵守承诺。轿子越来越快，简直像飞起来了一般，迎面而来的风如同冬天的寒风一般凛冽，快把人的耳朵冻掉了。

两个轿夫又嘱咐道："您千万不要睁眼！""对！马上就到了！"声音和刚见面时不同，透着一股威严。两人嘴上说着，脚下丝毫没有放缓。

武士只觉得耳边呼啸的风声如狂风骤雨般骇人。才刚想着该到旅馆了吧，轿子就停住了。只听轿夫说："到啦，下来吧。"

武士睁开眼。轿子往前倒去，武士冷不防从轿子里跌了出来。他吃了一惊，如梦初醒，却发现自己站在一条昏暗的街上。武士顾不上责骂轿夫粗鲁，急忙看看四周——眼前是一座宏大的宅院，一溜长屋里灯火通明。再往身后看，身后是一道长长的土院墙。街上稀稀拉拉有几个人通行。

"箱根没有这种地方啊……"武士仔仔细细看了一遍周围，还是想不出自己身在何处。这时，两个男子提着灯笼从他左边走来。武士忙问："打搅了，请问我这是在哪里？"

男子挑起灯笼，仔细照了照武士的脸，答道："这里是纪州藩的藩邸啊。"

武士大吃了一惊："你说什么？纪州藩邸？这里是江户？"

那两人对视了一眼，笑道："没错啊，这里就是江户。"

"哦……哦……多谢了。"武士仔细想了又想，自己这是被旅店老板口中的山精作弄了。想清楚这事，他心里一阵懊恼：堂堂的纪州藩武士居然被天狗、树精耍了，是可忍，孰不可忍！

转念再一想，这件事要是张扬出去，自己还不知会受到怎样的责罚。搞不好，还会让家族蒙羞。所幸现在是晚上，只要自己不说，没有人会知道。武士定了定神，装作若无其事地往藩邸的小门走去。

"有人吗？"

守门人开了门。"我是纪州藩来的使者……"

武士进来宅邸，办完手续，被安排在长屋里住。隔壁的邻居虽然是熟人，但夜已经深了，也不好去打扰人家，武士决定先睡一晚再说。

不知睡了多久，武士忽然惊醒，只见一个人影站在屋子里的灯影下。那苍白的脸色、瘦长的身形和灰色的法衣，正是寺里的独眼老僧。

武士大喊一声，手按住刀柄。老僧开口说话了，声音依旧微微颤抖，满含悲怆，轻得像是从遥远的地底传过来的一样。"别看您现在威风得很，但人生在世如草上露珠，谁知道明天怎样呢？"

"胡说什么！"武士拔刀就砍。老和尚却化成一道青烟消散不见了。武士环顾室内，找不到老和尚的踪影，只得收刀入鞘，再次睡去。

过了没一会儿，他又从梦中惊醒，却看到老和尚坐在了油灯旁边。他那悲怆的声音又从地底传过来："人生在世如草上露珠，谁知道明天怎样呢？"

武士拔刀又砍，老和尚的身影再次消失不见。

从此以后，老和尚每天晚上都会出现在武士的床边。终于，武士身心俱疲，一病不起。随着他身体越来越弱，老和尚白天也会出现，连前来探病的人都能看得见。

武士一天天瘦下去，和那老和尚一般瘦弱，最后终于不治身亡。

武士死后，只要有人进入他住过的长屋，就会遇到怪事。渐渐地，再没有人敢靠近这间屋子了。

蛤蟆血

（一）

　　三岛让离开了学长的家。此时正值晚上，天边仍然飘浮着浓密的积雨云，仿佛还要下雨一般。四周一片漆黑，路面上还残留着雨水，湿漉漉的，走在上面会溅起水花，他只得慢慢地走着。而且这里是山脚下的郊外城镇，因此刚过十点钟，路两边的人家就已经寂静无声了，这条路更是显得格外漫长。要是有车的话，就想打车到电车站了，可傍晚来的路上就没看到有车，所以他也就不奢望了。与此同时，他想起了刚刚与学长商量关于那个女人的情景。

　　"最好再查一下这个女人的身份和来历……"他的脑中回荡着学长的劝告。法律专业毕业的藤原学长觉得和一个来历不明的女人同居实在有些荒唐，可三岛自己却觉得无所谓。

　　他出生在一个海边小城，三岁那年当医生的父亲去世，母亲与水产公司老板再婚，他跟随母亲到新家庭生活。三年前母亲去世，从那时起，他与这个家就更疏远了，去年他终于逃离了那个家。所以即使这个女人来历不明，也没什么大不了吧……

然而，随即他脑中又浮想起学长调侃自己的玩笑话，"这还真是不费吹灰之力就捡到个女人呀"。也真是，回想起来，和这个女人的邂逅也是极其偶然，甚至有些不可思议。可要论起来，如今这世间像这样的事情可是太平常了，根本不稀奇。

高等文官考试前一周时，自己突然想呼吸海边的新鲜空气，放松一下。不过就是"年轻小伙去海边闲逛，偶然邂逅了一位年轻女子，当晚两人就缠绵在了一起"之类的社会新闻，每日报纸中不也经常有这样的报道吗，也没什么吧。

想到这里，他不由得又回想起与女人相遇那天的情景。

那天，温暖的夕阳照射到松林之外，但空气仍然如春日般潮湿，脸上、指尖上都湿乎乎的，令人犯困。三岛沿着松林，穿过栎树林间的羊肠小路。这条路是他来海边之后每天早晚都会走的路。栎树的叶子已经褪去了碧绿的外衣，起风的时候沙沙作响。

栎树林前面是个稍开阔的田地，地里种着金黄的稻子，还有绿油油的萝卜与大葱。与栎树林平行的是一条乡间的小河，河堤上零零散散长着几棵柳树，五六个人三三两两地在河堤上垂钓着。

虽然每次垂钓的人数都不一样，但他每天路过都能看到此番景象。而这些垂钓者里往往有那么一两个人是来海边的游客。这些人把旅馆的大水桶当作鱼篓，偶尔会钓上来一两条小鲫鱼，有时也有四五寸的虾虎鱼。

他经常走的路上，在被小河阻隔的地方架着一座用土堆砌的板桥。桥的右边也站着一个拿着鱼竿的男人。这个男人鼻子下面长着鞋刷一般的胡须，颧骨突出，腰间系着黑绿色的布腰带。看这架势像个小学老师或者巡警。三岛瞧了瞧这个男人脚边的鱼篓，里面有五六条虾虎鱼。

于是他客气地寒暄道："钓到了虾虎鱼呀。"

那个男人回答道："今天天气不错，以为能多钓点呢，可惜没钓太多。"

"还是得看天气状况呀。"三岛继续说道。

"也不一定，天太晴，水清澈见底了那就不行。今天如果云再多一点就更好了。"男人很有经验地说道。

"是这样呀。"三岛应道。

说完他若有所思地望了望天空，只见稀薄的云彩如罗网一般静静地飘浮着。然后他打算去河堤那边走走，当他目光掠过桥上时，发现桥那边站着一个年轻女子，正往这边眺望。她长得小巧玲珑，身着紫色铭仙绸¹和服，图案精致，十分惹眼。这身打扮看起来不是女仆就是女学生。白皙的鹅蛋脸上嵌着一双黑珍珠般的大眼睛。

三岛心想这女子应该是从附近的别墅过来散心的，除此之外并没觉得好奇，所以也就不再在意这个女子，继续朝着河堤上游处走去。

又继续走了两百米左右，左边的田地就到尽头了，取而代之的是松树林的红土台地。此处也有通向河流对岸，用两根圆木架起来的圆木桥，但他并没有上桥，而是登上红土缓坡，向台地方向走去。

台地上有年代久远的巨大黑松树，那些裸露在地面上的根纵横交错，像土蜘蛛的脚一般。他昨天和前天都坐在松树的树根上看杂志，所以这一天他又找到那个熟悉的位置坐下，眺望着河流下游。柔和的夕阳下，垂钓者如画中人一般静静伫立着。他忽地又想起刚才看到的那个女子，可再寻去却已不见她的身影。

他从怀里掏出杂志翻看了起来。看着看着他被杂志上的内容所吸引，忘乎所以地沉浸其中。彻底缩减军备、因生存权遭到威胁而产生的社会罪恶百态、华盛顿会议与军备限制等，杂志上全是这样的时评文章。当看到著名思想家兼作家所发表的大致内容为逃离现实生活的烦恼进入哲学与宗教世界的评论时，一股郁闷之感涌入脑中，他便放下杂志不想再读了。

当他抬眼张望才发现太阳已经落山，四周一片灰暗。这个时候旅馆应该已准

1　一种日式染色的平纹织物，是制作和服的常见面料。——译者注

备好饭菜等着自己了，想到这儿他把杂志放入怀里准备起身回去。

就在这时，忽然他瞧见右边不远处的草地上，一个女子两腿伸到低处，双手抱膝低着头，像是在沉思。看她的衣着打扮好像就是不久前在桥边看到的那个女子。

他很奇怪为何这个女子会坐在这种地方。难道和自己一样因为无聊而闲逛到这儿的吗？可是看她垂头丧气的样子，或许是遇到了什么困难。

三岛自己也觉得贸然靠近的话也许会吓到她，可他还是想上前问一下。于是，他站起身来，可转念一想，若蹑手蹑脚地走过去就像是做贼心虚似的，于是他轻咳了几声，才往女子那边走去。

女子觉察到咳嗽声和脚步声，转头望向他。果真是刚才看到的那个女子。女子丝毫没有感到惊奇，只是马上将脸转了过去。三岛快步走到女子身边，全然不顾被茱萸茂盛的枝条挂住的衣摆。女子那精致的脸又转向了这边。

"你从哪里来呀？"三岛开口问道。

"我刚刚来到这里。"女子一脸落寞地回答道。

"那你还没有找下榻的旅馆吧？"三岛继续问道。

"嗯，是呀。"女子又答道。

三岛猛然想到也许她是和谁约好了，在这里等人，所以客气地说道："天色已晚，你还一个人在这里坐着，所以我过来问问情况。"

"谢谢。你住在这附近的旅馆吗？"女子也客气地应道。

"嗯，我来了五六天了，就住在离这很近的鸡鸣馆，如果没有别的旅馆可住下，你可以到这边来，我叫三岛。"三岛自己也觉得不可思议，自己竟然会如此对女子说。

"谢谢你。如果我没有找到别处，那就麻烦你了。三岛先生是吧？"女子回答道。

"对，我叫三岛让。那我就告辞了。若有不便你就来吧。"

说完三岛就告别女子，转身离开了。可他还是很在意女子沮丧无力的样子，难不成她也是像报纸中经常见到的跑到海边自杀的人？想到这里，他停下了脚步，躲在松树的树荫后悄悄地观察着这个女子。

只见该女子双手掩面，像是在哭。见此情形，他早已忘记了晚饭的事情，目不转睛地看着女子的方向……

（二）

沉浸在回忆中的三岛回过神时才发觉走到了路的拐弯处。然后他刚想向左拐时，发现前面有一扇院门。门口长着一棵榉树，榉树后面是一面木板墙，墙内门柱上点着一盏灯。灯上有被铁丝网围成的圆罩，门柱边上有两三棵绿竹，长着小巧的竹叶。再仔细一看，灯罩的内侧有个黑色的斑点——是只壁虎。

正在这时，壁虎像是发现了猎物一般伸出了脑袋，那脑袋足有五寸长。三岛觉得蹊跷，便停下了脚步。只见灯罩竟像地球仪一样骨碌碌地旋转起来，三岛心里直犯嘀咕，为了甩掉这些诡异的画面，他一路小跑着朝左边拐去。

三岛让走在路上仍旧疑惑着刚才遇到的诡异景象，过了一会儿他终于恢复理智，安慰自己道，如今哪有那么多妖魔鬼怪，不过是自己精神紧张出现幻觉罢了。可是，要是出现幻觉的话，那今晚自己就有些不对劲了。难道是精神错乱的前兆？想到这里，他的心情也随之郁闷起来。

郁闷之中，他甚至怀疑这从天而降的情人并非真的，而是自己的幻觉。

不知不觉中他走到了更宽阔敞亮的大路上，心情也随之轻松起来。他忽然想到情人还在等着他呢，脑中不由得浮现出性情恬淡、小鸟依人的她，单手撑头靠在桌旁，竖耳倾听着门口玻璃门拉开的声音。他想在民宅二楼与情人同居，所以今天才会去找学长商量的。

当时学长笑着说："反正你肯定要娶老婆的，要是遇到好女人索性就结婚呗。不过话说回来，你这是不是太神速了？"听到此话时，自己的心里还是挺美的。

要是花街柳巷他还略知一二，但自己从来没有与涉世未深的清白女子交往过，所以对三岛来说，即使她有隐情，能这样轻而易举就和自己在一起，也让自己感觉不真实，怎么想都感觉像做梦一般。

然后，他又想起了当时自己的回答，"我也觉得不可思议呢，总感觉像是童话故事里的情节一样"。所以藤原学长会劝自己也是理所当然的。

三岛又回忆起那天的情形……

女子在黑暗的树林里漫无目的地走起来了，然后经过他的旁边，向海岸方向走去，边走还边抽泣着。见此情形，三岛断定她要寻短见，所以一心想要去救她。但还怕吓到她，所以等女子走出了四五米后自己才跟上去。

他大声地喊道："喂，喂！"

女子面色苍白地回头看了一眼，然后快步走了起来。

三岛继续喊道："我是刚才的那个人，不是什么坏人。看到你好像有什么伤心事，想要问问你，等一下！"

女子又回头看了一下，但是并没有停下。

"喂！等等，你遇到困难了吧？"

三岛终于追上了女子，用手抓住了她身后的腰带。

三岛开口道："我是你刚才见过的三岛，你看起来非常难过。"

女子这次乖乖地停下了，与此同时掩面大哭起来。

"你要是遇到了困难，说出来听听，我帮你。"三岛温柔地说道。

可女子只是一味地哭泣。

"在这里说话也不太妥，不如去我的住处吧，到了住处，你再慢慢地告诉我。"说着，他握住了女子的手……

前方又拐到了狭窄幽暗的小路上，三岛让一心想早点回家，让在公寓二楼焦急等待自己的女人放心，所以他快步走上缓坡。他好像看见前面有一个天真乖巧的女子。

"我只能死了，没有能安身的地方了。"

记忆中情人的哭诉又回荡在耳边，她讲述了自己离家出走来到东京，先后在两个家庭里做女仆。再后来认识了在私立学校教书的女教师，便在她的关照下，到某个富豪家里做女仆。可是谁知富豪要招的并不是单纯的"女仆"，到那儿的第二晚就见识到了主人不怀好意的举动，因此当晚她就逃了出来，漫无目的地走到海边来了。

三岛一边走着，一边观察走在自己右边的人。路的右侧是悬崖，悬崖边上亮着一盏路灯。这时，走在右边的这个女人转过头来问道："打扰了，电车站是往这边走吗？"

听声音是个年轻女子，三岛让只见女子的红唇一张一合，便停下脚步答道："对，往这边走，在路尽头左拐，然后就能看见右手边拐弯的地方，从那里右拐后一直往前走就是电车站了。我也是要去坐电车。"

"太谢谢你了。再往前就是我的亲戚家，可是这条路我从来没走过，总感觉有些不对劲，那我们一起走到车站吧。"女子高兴地提议道。

此时，心急的三岛不想与步伐缓慢的女子同行，但是他不知该怎么拒绝，只好应道："那我们一起走吧。"

"太不好意思啦。"女子又客气道。

三岛继续往前走，可是他不能像刚开始那样快走了，他只得放慢速度。

"路真不好走呀。"

女子在三岛的身后走着，不慌不忙地说道。

"是呀，路不好走。你从哪儿来呀？"三岛问道。

"我是坐着山手线到这前面的，据说市里的电车站近一些，所以我就到这儿来了。我经常会坐市里的电车来亲戚家，不过这条路我还是第一次走呢。"女子回答道。

"这样啊。场末这一带大家都睡得早。"三岛说着忽然想起刚才灯罩里的壁虎，他心想要是这个女人看到了，不吓个半死才怪。

"确实好荒凉呀。"女子也附和道。

"是呀。我们男的都发慌，更别说你一个女人了。"

"嗯，对呀。我刚才还在担心要是就我自己可怎么办。朋友再三挽留我来着，可是家里有病人，而且我想着即便是过夜，也是在亲戚家比较好，所以我就出来了。当时那边还有好多家还没睡，还有光亮，到了这边感觉完全像两个世界似的。"

说着话的工夫，狭窄黑暗的坡路总算走到尽头了，前方虽然也不怎么宽敞，但一眼望去两边都是路灯。三岛一边向左拐，一边回头瞥了一眼女子。她的鹅蛋脸上化着精致的妆，挺漂亮的。

"来这边，是不是感觉亮了一些呀？"三岛对女子说道。

"多亏了你，真是太感谢了。"女子感激道。

"从这里开始前面就没有那么暗了。"

"啊，从这里往前的路我就比较熟悉了。"

"是吗？路虽然还不太好，但是比刚才亮堂多了。"

"你接下来要去哪里呀？"

"我呀，我去本乡，你呢？"

"我去柏木。"

"哎呀，那么远呀。"

"嗯，所以我在犹豫要不要去亲戚家里住一晚。"

此时，三岛觉得这个女子应该不是良家女子，说着话香喷喷的气息也随之扑面而来。他感受到了一丝诱惑，但一想到家里苦等着自己的女人，他马上正了正神色，说道："是呀，这么晚了，还是在亲戚家住一晚为好。我送你到那里吧。"

"那真是太不好意思了。"

"没关系，我送你。"

"那就给你添麻烦了。"

"你知道亲戚家在哪儿吗？"

女子走到三岛的左侧，与他并排走着，然后应道："知道。"

向右拐的拐角处有一家酒吧，入口的屏风旁边站着一个身穿浅黄色衣服的人，但酒吧里却寂静无声。

"是往这边走吗？"三岛指着拐弯处问道。

"是在下一个小巷处拐弯，然后稍微走一下就到了，真不好意思。"

"没关系，我们走吧。"

前面的路突然昏暗了下来，仿佛有人在这附近守着，故意把路灯熄灭了一样。

"这边有些昏暗呀。"女子的声音听上去有些朦胧。

"是呀。"三岛应道。

而自此女子便不再开口说话了。

（三）

"到了。"只顾着闷头向前走的三岛被女子的声音惊醒，他停下了脚步。眼前是一扇旧式大门，门上亮着门灯，门漆都晕染开了。

"到了呀，那我就告辞了。"三岛想起了家里的女人，急忙和面前的女子道别。

"不好意思，能把我送到里面吗？"女子笑着说道。

"哦，行啊，走吧。"三岛敷衍地应道。

大门的左侧有一扇矮门，女子走过去推了一下，矮门悄无声息地开了。之后女子回头看着三岛，像是示意他跟上来。

三岛走上前去，女子推着门，侧了侧身。三岛几乎是贴着女子的身体走进去的。然后，女子从后面跟了上来。她身后的门又悄无声息地关上了。

"打扰了。"三岛礼貌地说道。

感受到朦胧的月光，三岛让如梦初醒般地打量着四周。庭院里长满碧绿的青草，像铺了天鹅绒一般。玄关拉门处亮着灯，门口长着一棵像凌霄花一般的大树，树上满是金茶色的花朵，散发着刺鼻的香甜味道。

"这是我姐姐家，别拘束。"女子说道。

三岛觉得一旦进去了就很难马上出来，便说："我就在这里告辞了，你快进去吧，我要回家了。"

"哎呀，就见一下我姐姐吧，不会耽误很长时间的。"

"我还有事……"

"那，就一小会儿总行了吧。"女子不依不饶。

说完，她向玄关走去，避开了花树。三岛为难地站在原地。

他听见屋内有女子交谈的声音。三岛听着说话声，心里不由得起疑：都已经是秋天了，怎么院子里的草还这么绿？

正想着他又听到一个娇媚的女声。三岛想这八成就是刚才那个女子的姐姐了，便抬头望去。只见玄关的方格门被打开，屋内银色的灯光洒出来，能清楚地看到一个高挑的女人背对着光站在门口，旁边就是刚才的那个女子。他觉得玄关离他很近。

刚才他还觉得玄关离他很远，现在想想可能是错觉。他又想起了之前看到的那个骨碌碌地旋转的灯罩，自己今晚真是见鬼了。

他边想着边望向那棵花树，却发现那树上的花朵竟然也在旋转。

"我姐姐很想见你呢，你就进屋坐坐吧。"女子来到三岛面前说道。三岛这才觉得自己的嗓子仿佛又能说出话一般。可看见女子的脸，他的脑中一片混乱，根本无法思考这究竟是怎么回事，只是呆滞地朝着有灯光的方向走去。他一边走一边心有余悸地打量着花树，可是树上的金茶色花朵并没有动。

"请进，多谢您关照我妹妹，快里边请。"

不知不觉中三岛已经走到了门口。迎接他的女子靠在门把手上，她身材高挑，脸蛋像蜡像一般精致，一头乌黑浓密的秀发扎在脑后。

"多谢您的好意，但我今晚还有急事，我先告辞了。"说完三岛就想离开。

"哎呀，那也先进来坐坐吧，喝杯茶再说嘛。"

"多谢您了，我真的有急事……"

"是不是家里有人在等您呀？就坐一会儿，不要紧的。"女子水灵灵的大眼睛盯着三岛，调侃道。三岛也笑了。

"稍微坐一会儿吧，又没有外人。"站在他身后的女子也附和道。

"那……好吧，那就稍坐一会儿吧。"

无奈之下，三岛只好将左手拿着的帽子换到了右手，准备进屋。

"来，请吧。"说着，女子离开门口向里走去。三岛脱了鞋，也跟了上去。门后站着一个十七八岁，梳着岛田髻的年轻女仆，她走上前欲接过三岛的帽子。三岛下意识地把帽子递给了她，便晕晕乎乎地跟着高个女子往前走去。

（四）

他们来到了一个装饰奢华的房间，屋内有一张长方形的桌子，上面铺着印度花布，桌旁有五六张中式风格的朱漆大椅子。走在前面的高个女子披着华美的金纱绉绸的外衣，只见她扶着其中一张椅子说："请坐吧。"

三岛走到椅子旁，而高个女子则拉过他左边的椅子，侧身面对着三岛坐下，见状三岛只好向左拉过椅子与女子面对面坐下了。

"先自我介绍一下，我叫三岛让。"三岛让刚一开口，女子就挥手打断了他。

"别这么一本正经的，我们别这么见外了。我就是一个小老太太，您要是不嫌弃咱们就做个朋友。"

"看您说的，是我该请您多多关照呢。"三岛让急忙说道。

正在这时，刚才接过三岛帽子的女仆用月牙形的托盘端来了两个小杯子和竹筒状的茶壶。壶顶有个开口，侧面有把手。

"端过来吧。"高个女子吩咐道，于是女仆将托盘放到两人中间的桌边上便要退下去。

此时，高个女子问道："小姐呢？"

"小姐有些不舒服，说是过一会儿再过来。"女仆听到主人的问话，回头答道。

"不舒服就算了，我陪着客人就行，让她休息好了再过来吧。"

女仆随即鞠了一躬就开门退下了。

"我们就以酒代茶吧。"说着，高个女子拿起了壶。

"不了不了，我马上就要走了。"三岛急忙推辞。

"哎呀，没事呀，又没有外人，放松一下嘛。您要是不嫌弃我这个小老太太，我可以一直陪着您呢。"说着，女子将壶里的液体倒入两个杯子里，并将其中一个杯子放到三岛面前。杯中的液体颜色像牛奶一样。

"来，喝吧。我也喝一杯。"

三岛心想喝了这一杯就赶紧离开，便应道："那我就喝这一杯……"

说罢，他端起酒杯喝了一口。这酒的味道有点甜，还有一丝艾酒的味道。

"我也喝了，您就干了这杯吧。"女子也端起酒杯，抿了一小口。

"谢谢您的好意，我真是有急事，喝完我真的要走了。"

"哎呀，别这么说嘛，深更半夜的能有什么急事呀。偶尔晚回去一次，让家里那位急一急反而更能增进感情呢。"说完，女子端着酒杯，扬起下巴莞尔一笑。三岛也窘笑了一下。

"来，再喝点吧。"

三岛将剩下的酒一饮而尽，放下杯子起身说道："多谢您的款待，我真得走了，告辞了。"

只见高个女子将酒杯重重放在桌上，站起身两手轻扶着三岛肩头，将他按回椅子上。

"我妹妹马上就来了，您再坐一会儿嘛。"

说话间芬芳温热的气息朝三岛袭来，让他无法动弹。女子身上浓郁的香气把他的魂勾到了虚幻缥缈的世界里。

"谁呀？这没你们的事，闪一边去！"

高个女子的声音让三岛回过神来，他猛然间想到了家中的情人。他又起身欲走，而高个女子则坐回了椅子上。

"哎呀呀，就这么讨厌我这个小老太太吗？"女子满面娇媚地说道。三岛心想必须得走了，否则就走不了了。

"告辞了。"三岛急忙跑到门口打开门，跑了出去。

没承想走廊上站着一个头挽圆髻的老妈子，一把就抱住了他。

"你是谁?! 快放开我，我有急事。"三岛拼命挣扎，可无济于事，他仍然被困得死死的。

"哎呀，小伙子，别急，我有话要和你说。"老妈子开口道。

三岛放弃了挣扎，但他害怕高个女子追出来，回头仔细看了看，发现她并没有出现。

"我有些话想和你说，你跟我来，一会儿就好。"老妈子虽然松开了手，但是并没有为三岛让出路来。

"什么事呀？我真的有非常急的事，你家夫人挽留我，我想都没想就逃出来了，有什么事情就快说吧。"

"在这里说恐怕不太方便，你跟我到隔壁的房间吧，一会儿就好。"

三岛心想与其没完没了地纠缠，还不如听听她说什么，说完自己就可以走了。他回答道："那我就听听您要说什么吧。"

"一会儿就好，你跟我来吧。"老妈子说罢往前走去，打开了隔壁房间的门，三岛也跟在后面进了屋。

屋内就近的墙边上摆着一张安乐椅，还有五六张别的样式的椅子。远处有蓝色的幔帐，看起来这应该是一间卧室。

"来，请坐。"老妈子指着门口的一张椅子，说道。三岛急忙坐下，问道："有什么事呀？"

老妈子走到三岛跟前，笑着说道："我可没看错啊。"

"到底是什么事呀？"三岛有些不耐烦了。

"哎呀，不说你也应该看出来了吧，我家夫人看中你了。"

"看中我？我怎么没看出来？"

"可别这么说，夫人夜夜独守空房，寂寞得很呢。你今晚就陪陪她吧。我家夫人有的是钱，你跟了她，以后想要什么都不成问题。"

"不行，我没空！"三岛有些气急败坏。

"留洋啥的，只要你喜欢，到时候想干什么不成。你就听我的吧。"老妈子仍然喋喋不休。

"那可不行！"

"你就真不动心吗？"

"不行，我真不行。"

"像夫人这般美貌的可不多见，多好的事呀，你就听我一句劝吧。"老妈子还是没完没了地劝三岛。

"不行，你不要再说了。"

老妈子一把抓住三岛的手，说道："哎呀，别这么说嘛，我们过去吧，你就听我的，肯定不吃亏的。"

三岛不为所动，拒绝道："不行，我才不想这么做呢。"

"有什么关系嘛，你就该听从长辈的话。"

三岛终于不耐烦了。"不行！"他大喊着挣脱了老妈子的手。

"你可真是无知呀。"

正在这时，门开了，一个矮小的老婆婆悄无声息地走了进来。她满头白发，长了一双恐怖的死鱼眼。

"怎么样了？"她开口问道。

"不行呀，怎么说都不听。"老妈子答道。

"哎呀呀，又是一个麻烦主儿。"

"被野狐狸缠住的就是不行呀。"老妈子嘲讽道。不过此时三岛已经不知道她们在说什么了，因为他已经挣脱了老妈子冲了出去。

"嘻嘻嘻嘻……"屋里响起了老婆婆的奸笑声。

（五）

三岛想回到那个铺着榻榻米、有纸拉门的玄关，便沿着走廊拼命向左跑。走廊的光像是反射而来的，十分朦胧。灯光下，还有恐怖而诡异的怪影子。

在无边恐惧的驱使下，三岛一直不敢停下来。可跑着跑着，走廊在一处房间的尽头分成了左右两路。三岛迟疑了一下，隐约记得自己是从左边来的，便向左拐去。然而刚拐过去，突然四周一片漆黑，他发现这并不是通往玄关的路，便想原路返回，这时身后的路突然变成了冰冷的墙壁，他回不去了。

三岛大吃一惊，不由得停了下来。慌乱中他找不到来时的走廊，只望见前方有一处亮着幽黄灯光的小窗。窗户仅有一尺四五长，七八寸宽，透着微弱的灯光。他只得硬着头皮朝窗户走去。

窗户的高度差不多正好到他的脖子处，他将脸贴在窗户上向里瞧去。映入眼帘的是一幅十分诡异的景象：土黄色的地面上放着一张椅子，一个学生模样的少年被人用蓝色绳子牢牢地捆绑在上面。旁边站着与三岛一同前来的年轻女子（夫人的妹妹）和刚才那个年轻女仆，两人似乎正轮番威逼着少年。再看少年只是闭着眼，瘫在椅子上。

三岛目不转睛地看着眼前的景象，吓得站在原地纹丝不动。

这时，只听见年轻女仆说道："这般顽固有什么好，怎么就不答应呢？你再这么倔下去也没用呀，快点头答应吧。你再不愿意也没用，趁着还没受皮肉之苦，赶快答应吧，夫人不会亏待你的！快答应！"

三岛望向少年，他仍然瘫坐在椅子上，不说话，甚至连眼都不想睁。过了一会儿，年轻女子开口说话了："你以为你这么倔下去，我们就会放你回去吗？真是个蠢货，只要是被我姐姐看上的人，都不可能从这里离开。你可真是蠢呀，我们都劝到这个份儿上了，你还是执迷不悟！"

"你要是以为这样就能回去的话，真是无可救药，蠢到家了。难道是想被我们狠狠折磨一番，然后成为我们的食物吗？"

女仆看着妹妹，发出了邪恶的笑声。妹妹随即说道："我们倒是无所谓，就是他得倒霉了。为什么非得这么倔呢？你再劝劝他吧，要是还不答应，就只能叫婆婆来给他吃药了。"

然后便传来女仆继续威逼少年的声音："你也不是听不懂话，我也就不再多啰唆了，既然你被夫人看上了，这辈子都别想从这里出去了。还不如从了夫人，只要你从了夫人，那么在这大宅子里你就有享不尽的荣华富贵，想干什么就干什么。我说这些都是为了你好，你就答应了吧，好不？快答应吧。"

少年仍然没说话，甚至连动都没动一下。

"还是不行呀，你去把婆婆叫来吧，劝不动呀。"

妹妹吩咐女仆后，女仆就离开了房间。妹妹看着女仆离开后，便绕到少年的身后，两手轻轻搭在少年肩上，小声对着少年不知说了些什么。三岛离得远没有听清。

只见她又将白皙的脸蛋凑到少年左侧的脸颊处，血红的嘴唇亲了上去。但少年仍如死人一般，一动不动。

这时，有两个人走了进来。一个是刚才的女仆，另一个就是刚才那个死鱼眼老婆婆。见状，正亲着少年的妹妹马上离开少年，回到原处站着。

妹妹随即对婆婆说道："又要麻烦您啦，长得弱不禁风的，没想到脾气这么倔。"

老婆婆的右手拎着一只活的癞蛤蟆，蛤蟆背上疙疙瘩瘩的，十分瘆人。"这人真是倔呀。"妹妹望着老婆婆继续说道。

"是吗？不过吃了这个药，谁都得乖乖就范。"说完，只见老婆婆两手分别抓住蛤蟆的两条腿，女仆端着杯子走上前，将杯子放在了蛤蟆的正下方。老婆婆闷哼一声，用力扯开了蛤蟆的两条腿。鲜血便从蛤蟆被撕开的地方滴入杯中，不一会儿杯底便滴满了淡红色的液体。

"婆婆，差不多了吧，够了。"拿着杯子的女仆望了望杯里的血说道。

听到女仆的声音，老婆婆也从上方瞟了一眼杯子。"哎呀，我瞧瞧。嗯，确实差不多够了。"说罢，老婆婆将蛤蟆丢在脚边，接过了杯子。

"要是吃了这药还不行，那就没办法了。我们就好好折磨他一番，再把他吃掉，嘻嘻嘻……"老婆婆笑得露出了没有牙的牙床，那奸笑声让人不寒而栗。

然后她端起杯子走到少年跟前，把一只手的指尖伸进他的嘴里，轻轻撬开少年的嘴，把杯里的血灌了进去。喝了血的少年大口喘着粗气。

三岛被眼前这诡异又深不可测的恐怖景象吓得瑟瑟发抖。

他一心只想快点逃出去，惊慌失措地离开了窗户，在一片漆黑中摸索着向反方向跑去。前方仍然是冰冷的墙壁。不过他心想，走了这么半天都没看见门，顺着墙壁走应该能找到出口吧。于是他顺着墙壁摸索着向左走去。

过了一会儿，他好像走到了墙壁的尽头，发现有一个像洞一样的缺口。三岛以为自己是从这里进来的，便急忙钻了过去。

突如其来的朦胧白光有些刺眼，待他定睛一看，发现眼前是宽敞的庭院。三岛心中窃喜：虽然没找到玄关，但是只要出来了，就肯定能离开这里。

房子通往庭院有两三段台阶，他刚想迈下台阶，忽然发现有人正往这边走来。那是一个和在走廊抱住他的老妈子差不多年纪的女人，单手还提着一个大水桶。三岛担心被发现，连忙猫着腰退回到出口的柱子后面，躲了起来。

这个胖女人正好走到三岛的前面，然后她放下水桶，朝着庭院吹了声口哨，仿佛在召唤小狗似的。庭院里长满了如天鹅绒般翠绿的青草，她的口哨声一落，草丛里立刻骚动起来，无数条小蛇钻了出来，有青色的，有黑色的，一眨眼的工夫就齐齐地聚集到胖女人跟前。

胖女人便将手伸进桶里，抓出了一大坨东西，扔了出去。那是一片片血肉模糊的玩意，像是什么动物的肉似的。而小蛇们为了食物争抢成了一团，活脱脱是乱成一团的毛线。

看到这里，三岛眼前一黑，差点吓晕过去，他赶紧往里面躲去。突然有一双软乎乎的手一把抱住了他。然后一个女声传来："找你找得好苦呀，你上哪儿去啦？"三岛瑟瑟发抖地转头一看，原来是之前在走廊上抱住他的老妈子。

（六）

"你可真能闹腾，你要是再和我捉迷藏，我可就麻烦了。快跟我回去！"老妈子抓住三岛的双手，硬生生地拽着他。

三岛无论如何都想回家，他哀求道："让我回家吧，我有很重要的事呢，我不能待在这儿，让我回去吧。"他想从老妈子的手中挣脱出来，可惜没成功。

"别说这种傻话了，你所说的'重要的事'，不就是回家去会你的小情人嘛。"老妈子不为所动。

"才不是呢。"

"就是，你骗不了我。我家夫人可比那狐媚子强百倍呢。你这人真是不知好歹，快过来吧。就算你想逃，也休想逃出我的手心。快跟我走！"老妈子猛地用力一拽，三岛失去重心，被她拽着离开了。

"放开我！"三岛大喊。

"那可不行！你就别扭扭捏捏的了。"老妈子也不客气道。

老妈子把三岛拽回了那间撑着蓝色幔帐的屋子。

"夫人可能都等得不耐烦了，你快过来吧！"说着，她腾出一只手掀开幔帐，用力把三岛推了进去。

幔帐正中央放着一张大床，而漂亮的夫人就坐在床边，目不转睛地盯着三岛的脸。房间的三面围着叫不上名的屏风，上面还画着色彩浓艳且怪异的图案。

"真是个能折腾的主儿，总算把他抓回来了。"老妈子把三岛拉到夫人的旁边，想让他坐在夫人对面的床边上。

可三岛根本不从，他大喊道："放开我！我不能在这儿，我有重要的事，不要呀！"边说他还拼命挣扎，可是仍然没有摆脱这个老妈子。

"别闹了。你就算叫破喉咙也不会放你走的。别再犯蠢了，老老实实待在这儿。你可真是个蠢货！"老妈子不耐烦地骂道。

而夫人只是一直盯着三岛。

"你就乖乖地从了吧，别再耍花样，快陪我们夫人！"老妈子说着，用力将三岛按在床边。三岛见状只得坐下了。

他想着现在硬闯是闯不出去的，得先顺从她们的意思，等她们大意的时候再趁机逃走。可自己大脑一片混乱，根本无法冷静地想下一步该怎么办。

"别着急嘛，我们慢慢来。"夫人轻轻地把手搭在三岛的手上，微微靠了过去。

"失陪了！"三岛大喊，并甩开夫人的手，起身就要从老妈子身边逃走。

"蠢货！你在干什么？"

老妈子一边吼着，一边从后面紧紧地抱住三岛。三岛拼命挣扎，还是没有挣脱。

"夫人，该怎么处置？这个人真是蠢到家了。"老妈子问道。

"把他给我绑起来！都是那个狐媚子勾搭着，他才不肯乖乖就范。"夫人恶狠狠地吩咐道。

这时，夫人的妹妹和年轻女仆走了进来，女仆手里还拿着原来捆绑少年用的蓝色长绳。

"要绑起来吗？"女仆问道。

"把他绑到夫人房间去！"说着，老妈子恶狠狠地往后拽着三岛。三岛被拽了个趔趄，向后倒去。

"把这个蠢货绑个结实，抬到床上去，先给他看看有意思的东西，然后我再好好地玩弄一番。"夫人站在房间里吩咐道。

与此同时，女仆已经用蓝色长绳牢牢地绑住了三岛。

"我来把他抬到床上去，等夫人玩够了，我再好好和他玩一玩。"老妈子哼哼哼地笑着说道。然后她毫不费力地就把三岛抱到了床上。三岛仍然扭动着身体试图反抗，却是徒劳。

"把那个野狐狸也给我绑来，先收拾收拾她！"夫人说着又坐回了床边。

三岛眼前一黑，便什么都不知道了。他被迫躺在床上，耳边回荡着女人们刺耳的笑声。没过多久，三岛隐隐约约感觉到有什么东西压在了自己的身上。就这样迷迷糊糊过了一个小时还是两个小时，三岛也说不清楚，只觉着有人把他的脸硬扭向一旁。

"蠢货，你看清楚，这就是把你迷得神魂颠倒的野狐狸！"

夫人的声音在耳边响起。三岛听到后猛地睁开眼，只见老妈子正抓着一个年轻女子的脖领子，那正是在家里等着他的小情人。

三岛急得想起来，可身体却动不了，只能拼命地挣扎着。

"给我狠狠地掐这只野狐狸，都是她坏了我的好事！"

夫人一声令下，老妈子便狠狠地掐着女子的脖子，不一会儿，女子就变成了一头红褐色的野兽。

"你的小情人死啦。你是不是很伤心呀？"

身边的女人们笑得更加肆无忌惮，三岛觉得自己彻底被无尽的黑暗吞噬了。

然后，三岛只觉得湿漉漉、软乎乎的舌头把他整张脸舔了个遍，恐惧占据了他的身体，让他觉得生不如死……

数日后，报纸上刊登了一则简短报道：一位名叫三岛让的考生，在应试的数日前，自称要去海边散心，离开住处后便杳无音信。

他的朋友们焦急寻找未果，最终发现他死于早稻田的一个空宅中，死因不详。

（贰）

阎魔

收录于作者一九二五年出版的系列怪谈作品。

闇魔

原稿现存于日本中部岐阜中古书店，
于首版五十七年后由"悉桑派"
译者探访获得。

警察署长

　　尼古拉耶夫斯克的那场恐怖杀戮发生时，库拉纳克警察署长正在五六里外的村子里。库拉纳克属于激进派，极端排斥日本人。

　　最近从符拉迪沃斯托克来了个叫罗森的杂货商。这天，库拉纳克派下属出去打听罗森女儿的消息，自己待在办公室等他回来复命。

　　春日的阳光透过玻璃窗照在身上，暖洋洋的，让人昏昏欲睡。库拉纳克忽然想喝杯杜松子酒，按下了手边的呼叫铃。等了一会儿，没人过来，他又使劲按了一下。

　　一阵轻快的脚步声响起，塔斯金的军靴不是这种声音。身后的房门打开，一个女孩子走了进来——是库拉纳克的女儿。

　　"是你啊，塔斯金呢？"

　　"塔斯金在劈柴呢。"

　　"哦……那你去给我倒杯杜松子酒吧。"

　　女孩默默地退了出去。库拉纳克看着女孩，心想女孩不再是个小孩子了，越来越有女人味儿了，宽松的蓝色外套也遮不住日渐丰润的身材。

慢慢地，罗森女儿修长的身影竟然和自己女儿重叠在了一起。下属们应该快回来了吧？库拉纳克眼前又出现了那个骑着白马在草地上驰骋的女孩。

房门再次打开，女孩端了一杯酒进来。库拉纳克接在手里，抿了一口，漫不经心地看着她还有些稚气的脸。女孩赶忙退了出去，库拉纳克又喝了一口杜松子酒。焦躁的心情稍微平复了些，他把酒杯放下，身子重重靠在了椅子上。

如果罗森一家不识相，把他们全杀了也没关系，只有这个女孩，无论如何都要弄到手。

不过想想自己那个人高马大的老婆，之前库拉纳克和某个下属的妻子私通，她知道后醋意大发，像疯了似的大吵大闹。这次一定要做得隐秘些，只能把她送到尼古拉耶夫斯克去，自己想和她幽会的时候，就以去那里的警署总部公干做借口。

"嗯，天衣无缝！"库拉纳克心想。

"署长先生，已经在喝酒庆祝了吗？"思绪被突如其来的说话声打断，库拉纳克吓了一跳，抬起头来。久等的下属贝尔赛奈夫笑着走进了房间。

"是你啊，贝尔赛奈夫。等得太无聊了，我正想喝一杯呢。"

贝尔赛奈夫是警署的线人，今天穿了件皱巴巴的西装，伪装成普通工人。见他煞有介事地坐下，库拉纳克探头过去，微笑着小声问道："怎么样，有什么好消息没？"

"当然有啊。我什么时候让您失望过。我发现罗森的女儿每天下午都会骑马去山那边散心，而且我回来的时候她才刚刚骑马出门。怎么样，署长，这功劳比抓几个读死书的政治犯要强吧？"

"干得不错，这次的酬劳给你双份。对了，你现在就带我去山里，趁她还没回家，赶紧动手。"

"现在吗？"贝尔赛奈夫有点不愿意。

"机不可失，时不再来。"

"明白。那我们马上出发。对了，报酬也要是两倍哦。"

"没问题，事情要是办得顺利，我还可以再多给你一些。"话没说完，库拉纳克已经站起身来。他边起身，边把杯子里的残酒一饮而尽。

小路在山岭间时隐时现。罗森家的小姐埃莉玛骑着白马，走在路上。山谷间的积雪刚刚消融，小草已经生出一些绿意，偏西的太阳照在它们身上。埃莉玛要到山对面的池塘边去，那里有个青年人正等着她。

左侧小山的轮廓像骆驼背一样起起伏伏，埃莉玛望向它们的边缘，从那里拐过去，穿过树林，再走不远就是池塘。池塘的水是湛蓝色的，岸边有许多奇形怪状的岩石。一块大岩石后面，黑发的青年已经等在那里了。

埃莉玛想象着青年手臂和双唇传来的温度，恨不能一步就赶过去。眼看就要绕过山去，稀疏的偃松林长在山后，显得无精打采的。

突然，马儿像察觉到了什么，不停地摆动耳朵。埃莉玛回过神来，瞪大了眼睛四下里看，一个工人打扮的男人从山背后闪了出来，招呼她说："小姐，罗森家的小姐。"

埃莉玛心里不快，但看他叫得熟络，以为是村子里的人，就停住了马。马不停地低声嘶叫，好像很害怕的样子。

男人接着说道："请你先下马，我想介绍一位先生给你认识。他不是坏人，你一看就知道。这人你爸爸认识，其实你也认识。"埃莉玛隐约察觉到这人心术不正，不想和他纠缠，就说："这位先生，不知道您想介绍谁给我认识。如果你们有事，请到我家去谈，这里不是说话的地方。"

"别这么急着拒绝嘛。这位先生很了不起的，你一看就知道，他可是很有地位的。"

工人打扮的男人正是贝尔赛奈夫，他拦在了马头前面。埃莉玛心一横，想要催马朝前走。贝尔赛奈夫突然伸出手来一把抓住了马辔头。马儿刚要抬脚，却因为辔头被抓，迈不动步，只能不停地原地打转。

"下来吧。下来聊一会儿就好，别那么着急走嘛。"贝尔赛奈夫脸上挂着笑意说。

"请放手。在这种地方，我不会见陌生人的。"

"你也太固执了吧？这对你可没好处。"贝尔赛奈夫的脸沉了下来。

"没关系！请放手，你太无礼了！"

"别说这样的话，你还是下马的好。要是你不想下来，那我牵着马带你去见那位先生吧。"说完，贝尔赛奈夫牵着马往小山背后走去。

埃莉玛急了，大声喊："你要干什么?!"她想用手里的鞭子抽这个无礼的男人，但鞭子太短，始终够不到他。

山脚下站着一个男人。埃莉玛知道，到了那男人身边，恐怕就很难脱身了。小山后面就是树林，过了树林就是池塘，池塘边上有那个等着自己的青年。埃莉玛突然跳下马来，朝树林的方向跑去。贝尔赛奈夫惊慌失措，一时不知该怎么办。

"快去追啊！"库拉纳克大声叫着。贝尔赛奈夫赶忙丢下马，去追埃莉玛。一边跑，看见旁边库拉纳克也追了上来。

沿着山脚折向左，稀疏的白桦和冷杉勉强凑成一片林子。埃莉玛跑进树林旁的灌木丛里。贝尔赛奈夫紧紧追赶。埃莉玛手里还握着鞭子，她回身一鞭朝贝尔赛奈夫抽过去。贝尔赛奈夫正朝前赶，突然发现鞭子到了鼻端，他赶忙向右侧身，避开鞭子，脚步也不由自主地停下了。趁这个机会，埃莉玛继续拔腿朝前跑去。

灌木丛里枝叶丛生，埃莉玛跑不快，贝尔赛奈夫的双手搭上了她的肩膀。埃莉玛又想挥鞭，但已经没有足够的空间，被贝尔赛奈夫紧紧抱住，动弹不得。她大声呼救，贝尔赛奈夫赶忙抽出一只手去堵她的嘴，另一只手也略微放松了些。埃莉玛一把将他的手打掉，继续沿着林子向前逃去。

野兽般强壮的双手又抱住了埃莉玛，这次是库拉纳克。埃莉玛再次大声叫起来。"小姐，小姐，不要这样大喊大叫。"埃莉玛回头看去，这个人自己认识，是警察署长。

"你干什么？太无礼了！"

"不要这么说嘛。我有事想跟你说，才让手下人去叫你，谁知道你会逃跑呢。"

"你有什么事？请说。不管什么事，用嘴说就够了吧？请把我放开。"埃莉玛强压怒火，冷冷地说道。

"那可不行，我一放手你就逃了。其实你不用这么害怕的。"埃莉玛闻到身后男人嘴里的酒气，心里泛起一阵厌恶，说道："到底有什么事？请说。"

贝尔赛奈夫也赶了过来，说道："小姐，别这么凶嘛。署长先生可是对你倾心已久。你最好还是听署长的话。西伯利亚到处都在闹革命，只有我们这里平平安安的，全都是署长的功劳啊。要是没有署长，你父亲、你母亲、你家的财产，还有你自己都不知会怎么样呢。你还是乖乖听署长的话吧！"

库拉纳克把手从埃莉玛身上松开，轻轻握住她的双手。埃莉玛挣扎着说："我不！我最讨厌别人威胁我！"

"这怎么是威胁呢？刚才你要是从马上下来，还会被我们追吗？"

"你说什么都没有用。这就是威胁！我不愿意！放开我，我不愿意！"埃莉玛挣脱库拉纳克的手，又想往林中跑。贝尔赛奈夫挺身拦在她的前面。

埃莉玛大喊："闪开！再不闪开我要不客气啦！"

贝尔赛奈夫将她拦腰抱住，对库拉纳克说道："署长先生，我看不用跟她多费口舌了。"

"嗯，带到那边去。"库拉纳克指了指树林的方向。埃莉玛用力挣扎，大声地喊叫。贝尔赛奈夫不耐烦起来，说了一句"别叫了！"，抽出一只手从口袋里掏出手帕。库拉纳克接过来，将埃莉玛的双手绑住。贝尔赛奈夫扛起她，库拉纳克跟在后面。

前方有一株枯死的白桦树，光秃秃的枝丫伸向天空。贝尔赛奈夫来到树下，将埃莉玛丢到地上。两人死盯着仰面朝天的女孩，眼里闪着野兽般的光，丝毫没有察觉到有个青年男子悄悄来到了身后。

青年原本在池塘边等埃莉玛，听到她的叫声后立刻飞奔了过来。

"你们在干什么?!"

库拉纳克吃了一惊，回头看去。两人四目相对，青年冷笑道："哟，这不是署长大人吗？您这是干什么呢？"

"你是谁?!"

"我只是个无名小卒，这位女士的朋友。"

"哦，这女人到这儿来就是要和你幽会的，对吧？"

"住嘴!"

"混账东西，你闭嘴!"

"什么？"青年话音未落，署长的右手抬起，一声巨响，青年仰面倒了下去。库拉纳克嘴角泛起一丝冷笑，手里拿着一把手枪。

听到枪响，意识早已模糊的埃莉玛扭动了几下身体，头稍稍抬起来些，转眼间又低了下去。

"真是扫兴，把她带到那边去。"库拉纳克瞥了一眼呆呆站着的贝尔赛奈夫，吩咐道。

贝尔赛奈夫默默地将埃莉玛扛在肩上，朝树林深处走去。库拉纳克也不再说话，跟在后面，看着埃莉玛晃动的双腿。

傍晚时，埃莉玛骑的马自己回到了家里。罗森一家顿时乱成了一锅粥，罗森忙带人到处去找，又派人去警察局报案，让警察也帮忙找人，但最终还是一无所获。

第二天，罗森又托镇上的熟人到郊外去找。这时，从尼古拉耶夫斯克传来了可怕的消息。镇上的人们忙着逃命，安置财产，都顾不上罗森家了。

又过了两三天，从尼古拉耶夫斯克来了一伙暴徒，杀人放火，无恶不作。警察局也被他们占领，被用作了大本营。罗森一家也惨遭荼毒，他们在镇上主干道旁边开的商店被付之一炬，罗森夫妇下落不明。

暴徒们走后，警察署长库拉纳克又露面了，在一片狼藉的镇上悠然漫步。

日本军队到尼港后，嗜血的暴徒们四散而逃。库拉纳克带上贝尔赛奈夫，和家人一起逃往赤塔。一行人骑着马，马上驮着行李箱。马一共有五匹。库拉纳克脱了警察署长的制服，换上一身脏兮兮的西装，骑在最前面的马上。十七岁的儿子跟在他后面，女儿跟在儿子的后面，高个子的妻子是第四个。最后面的贝尔赛奈夫胆战心惊，不停地四处张望。

走了三天，几人路过一个小山村，找了家客栈借宿。客栈的老板是中国人，房屋的布局、装饰都是中国式的。老板将他们带到一间小屋里。库拉纳克环顾四周，这里光线很暗，又脏兮兮的。

"这也太脏了吧？难道就没间像样点的屋子吗？"库拉纳克很不开心。

贝尔赛奈夫刚收拾完行李，进到房间里，赶忙接口说道："我刚才喂马的时候，看见他家还是有好房间的。要不要我去跟老板谈谈，我们住进那个房间里？"

"房间在哪儿？"

"我们进来的大门左边不是有个房间吗？从那儿拐进去，有间宽敞的房间。"

"那你去跟老板谈一谈吧。"

"好的。"说完，贝尔赛奈夫退了出去。

库拉纳克看他出去，跟孩子们有一搭没一搭地闲聊。妻子在屋子一个阴暗的角落里，唰啦唰啦地不知从箱子里在往外拿什么东西。

这时房门打开，老板提着油灯，和贝尔赛奈夫一起走了进来。贝尔赛奈夫一进屋就说道："我跟房主谈了，他说那屋子很古怪，不能让人住。"房主也跟着说道："那房间的确很宽敞，原本是专门用来做客房的。但最近发生了怪事，所以我不敢让人住进去。"

库拉纳克不信鬼神，略带嘲讽地说："怪事？什么怪事？恐怕是些胆小鬼自己吓自己吧？"房主赶忙分辩道："不是的。真的是有怪事发生，所以我才把它锁起来的。"

"我们不怕。我们就住那间房。"

"既然客人这么说，我也不好再劝阻，但出事的话就不好了。"

"那这样吧，我妻子和孩子留在这里，我们两个男人住那间房。"说完，库拉纳克又转头对贝尔赛奈夫说："今晚咱们就先喝一杯，再睡一觉就天亮了。"

贝尔赛奈夫犹犹豫豫地说："可以是可以，应该没事吧？"

老板见两人这样，也不再坚持，无奈地说："客人不怕的话，那就请吧。只是我话说在前面，真的出什么事的话，我可不负责啊。"

库拉纳克安顿好妻子和孩子，和贝尔赛奈夫跟随老板离开了房间。老板让两人在走廊等，自己端着灯去了家里最左边的房间。不一会儿，屋子里亮起了灯光。

老板招呼他们进屋，说道："就是这里了，卧室在隔壁。"屋子分成两间，中间有道门，挂着红褐色的帘子。库拉纳克四下看了看，满意地点点头，说道："这房间不错，我们就在这儿吃饭，赶紧给我们弄饭。"

老板答应一声，把油灯放在桌上，走了出去。

"明明有这个房间，这老板却让我们去住那个狗窝。"库拉纳克笑着坐在了椅子上。贝尔赛奈夫随声附和，也在他对面坐下。库拉纳克看了看他，说："好像有点热，你把窗户打开。"

贝尔赛奈夫站起身，打开一扇窗户，屋外的黑暗里吹来一股凉风。

库拉纳克惬意地笑着说："舒服。有什么怪事，今晚让我见识见识。"

贝尔赛奈夫赔着笑脸，回到椅子上坐下。库拉纳克接着说："今晚咱们一起喝点酒。走了这么远，日本人不会追过来了，咱们安全啦。"

"您说得对。我陪您好好喝一杯。房间倒是不错，可惜没有美女作陪。"

"嗯……要是树林里那个美女在就好了。"两人相视一笑。

"不过那女孩长得真是漂亮，应该留她一条命的。"

"您说得对。"贝尔赛奈夫想起一件事，刚要开口，老板端着酒菜走了进来。两人停下话头，看着老板把菜一盘一盘地摆好。摆好菜，老板在两人面前各放了一个酒杯，拿起酒瓶把酒斟满。库拉纳克摆摆手，把老板打发出去，端起酒杯和贝尔赛奈夫喝了一杯。

不知怎的，从入夜开始库拉纳克就特别兴奋，不知不觉间多喝了几杯。过了一会儿，酒劲上来，他的兴致越来越高，说话的声音也越来越大。

"日本人什么的我才不怕，这次出来其实是因为那个女孩的事，而且咱们不是把罗森一家都杀了嘛，不走不行啊。"

贝尔赛奈夫怕被人听见，赶忙想要岔开话题，库拉纳克根本不理他，继续说道："罗森的老婆……杀她的是你吧？女儿死了，连妈妈也被人杀掉，还挺可怜的呢。"

见拦不住他，贝尔赛奈夫只得说："我去看看夫人和小姐他们。"想着把库拉纳克自己留下，总不会再嚷嚷了。不承想库拉纳克一把拦住他，说："没事，等会儿再去也没事。"

"这地方咱们不熟悉，我怕老板刁难夫人他们。您先喝酒，我去去就回。"库拉纳克还想说什么，贝尔赛奈夫不等他张口，赶忙起身走了出去。

库拉纳克骂了一句"胆小鬼"，自斟自饮起来。不知不觉间又喝了几杯，他觉得身子沉重，用双肘支在桌子上。

朦胧间，库拉纳克听见门被推开，有脚步声，似乎有人走了进来。库拉纳克抬头去看，只见一个青年男子和女人站在桌子对面。他擦擦眼睛，正是被自己杀掉的埃莉玛和她的情郎。

"终于来啦！"库拉纳克二话不说，从腰里拔出手枪，对着男青年开了一枪。男青年应声倒下。他又将枪口对准埃莉玛。埃莉玛也倒下了。

"就这点本事吗？"库拉纳克大笑着说。

门又开了。又进来两个人，是罗森和他的妻子。

库拉纳克又开了两枪，罗森倒下了，罗森的妻子也倒下了。

听到枪响，老板带了五六个伙计赶了过来，看见库拉纳克还在拿着枪大笑，立即一拥而上，将他结结实实地捆了起来。

第二天早上，库拉纳克恢复神智，这时他才发现，自己杀死的男青年和埃莉玛其实是自己的儿子和小女儿；自己以为的罗森其实是贝尔赛奈夫，罗森的妻子其实是自己的妻子。

这个故事是今年春天从尼港回来的某联队的军官告诉我的，只是后来库拉纳克怎么样就连他也不知道了。

文妖传

乳白色灯罩中透出的柔和灯光一如朦胧的月色，一张漂亮的小脸在光影的映衬下显得轮廓分明，这是女服务员叶子。

她端起客人面前的白色酒壶，笑吟吟地将快要见底的酒杯斟满。

"我之前说的事，你考虑得怎么样？"

说话的是一位年近半百的客人，他皮肤黝黑，面泛油光，鼻梁上架着一副金边眼镜。深棕色的披风下是他日渐发福的身体，里面穿着低调的大岛绸竖条纹套装。他名叫野本天风，是一位知名老报的记者，每日的工作就是出入各种娱乐场所，围着有钱人打转，从中牟取小费。中国人管他们这种人叫文妖[1]。

"好啊。"

叶子小声应着，莞尔一笑：

"我们去哪里好？"

---

1 文妖指封建时代对违反正统思想的文章或作者的蔑称，亦指以文章蛊惑人心的人。——译者注

这五六日，天风对叶子穷追不舍，又是给足小费又是拍照片，终于让叶子松了口，这使他不禁心花怒放。

"御茶水的公寓怎么样？新桥的小酒馆也不错。"

叶子朝别处小心翼翼地瞥了一眼，似乎是在提防火炉右侧桌边的两位客人以及坐在他们对面的朋友，确定无人注意后才说道：

"我都可以。"

"快下班了吧？"

"十一点四十下班，不过我们如果一起出去的话太引人注目了，您还是先去卡西库鳗鱼店等我吧。"

"这样也好。"

天风嘴上虽答应得轻巧，心里却有点为难。他的兜里只有二十元，再给叶子十元小费，就只剩下十元了。虽不至于吃不起卡西库的鳗鱼饭，但吃完就真是两袋空空，连打车费都付不起了。他本想直接去御茶水或者新桥，但眼下也只能听叶子的，先去鳗鱼店等她。

他瞄了一眼左手腕上的手表，琢磨着今晚先付清鳗鱼店的饭钱，明早再打电话向神田杂志社的旧识借钱。

"已经十一点十分了，你不会放我鸽子吧？"

"您说的哪里话，我一定会去的。"

"那我先过去等你，给我结个账吧。"

"这桌结账。"

叶子朝柜台喊，随后走到寒水石制的前台，取来一张单据放在天风面前。天风压了三枚五十分的银币，起身时再次叮嘱道：

"十一点四十哦。"

"知道啦。"

天风走出店门，身后传来女招待热情洋溢的声音："欢迎下次光临。"夜市早已收摊，宽敞的街道上不见行人，冷风吹过，丝丝寒意入骨。站在开阔的十字街头，地面上可见交错纵横的电车轨道，右侧的车站里，三位身着长衣的乘客正瑟缩着肩膀默默等车。

天风正要穿过马路时，右边突然有两辆汽车疾驰而过，他停了片刻，待车走后才加快脚步向街对面走去。方才还停靠在站台上的电车朝着左侧一路驶去，他见状重新走上人行道。

天风本就喉头作痒，又加上在寒风中疾走，此刻更觉胸闷气短。他停下脚步调整了一下呼吸，感觉神经正在隐隐跳动，像是有条白腹小青蛇在大脑里嘶嘶作响似的，酒足饭饱后的胃里也一阵翻腾，他已经毫无食欲了。

这事还得从那天傍晚说起。天风一直在晚报上连载闲谈杂记，某次在一篇类似好店推荐的随笔中，他提到了一家相机专卖店，为此那家老板打赏了他二十元小费。他揣着小费去吃中餐，店里，餐馆老板正就中餐侃侃而谈，说到兴头上还拿了坛泡着白腹小青蛇的酒来。天风摆出一副对中餐深有研究的样子，高谈阔论起蛇肉如何如何，鱼翅、燕窝又哪般哪般，然后在老板面前将蛇酒一饮而尽并直呼道："好酒！"实则腹中早已翻江倒海。

他方才吃的食物尚未完全消化，此刻只觉得那条白腹小青蛇正在他的胃里翻来倒去，又想到等会儿要去吃的鳗鱼的腹部同样是白色的，一股不可压制的力量便由下往上冲涌。

他强忍吐意，想去咖啡厅点一杯上好的威士忌苏打解腻，但叶子好不容易才答应和他约会，他不想到头来功亏一篑，便不再多想径直去了鳗鱼店。

卡西库鳗鱼店开在马路内侧的小巷子里。天风此刻站在警亭这侧，他穿过警亭前的十字路口向马路对面走去，然后向左拐进窄小的巷子里。夜色已深，多数人家早就紧锁门窗，只有零零落落的几家小餐馆尚未熄灯。

鳗鱼店就在窄巷的右侧，那里既是巷子的拐角处，也是巷子的入口，从后方马路走进这条巷子的人都会经过此处。天风一进店，就有位丰乳肥臀的女招待迎了上来，是个熟面孔，她将天风带到了二楼。

"待会儿还有一个人会过来。"

"好的，您的同伴大概几点到呢？"

"还要晚个二三十分钟。"

"好的。"

女招待穿过二楼走廊，带天风进了小门右侧的房间。

"这个位置怎么样？"

"嗯，不错。"

天风背对壁龛坐在矮几前，突然咧开了嘴小声问道：

"怎么样，你丈夫已经回去了吧？"

"他是回去了没错，不过您要是晚归的话怕也不好向家里人交代吧。"

女招待说道。其实她对天风的心思早已了如指掌，这要是放在平时，天风早就嘿嘿笑着开始对她动手动脚了，今天这么老实肯定是因为已经吃饱喝足且佳人有约了。

"我今天已经吃过了，就来瓶啤酒吧，有没有其他下酒菜可推荐的？"

"那来点刺身？或者给您盛碗茶泡饭？烤鸡肉也不错。"

"行，就烤鸡肉吧，用这个配鳗鱼说不定我就有胃口了。"

女招待手脚麻利，先端了茶，后又拿来啤酒。就这一会儿工夫，天风抽起了烟，满脑子都是叶子曼妙的身姿。

"您今晚既已佳人有约，我想我必是入不了您的眼了，不过请您赏脸喝一杯还是可以的吧。"

女招待打趣着天风给他倒了杯酒，天风一手接过酒杯在她身旁坐下。

"你的要求我自然是不能拒绝的，那就请你先陪我喝几杯了。"

"她是个什么样的人，咖啡店的女仆？还是艺伎？"

"这我不便多说，总之是个年轻貌美的可人儿。"

"瞧把给您得意的，那您请自便吧。"

望着女招待走出房门的背影，天风的脑海中浮现出另一名年轻女子的情影。那身冰肌玉骨总是被掩盖在柔软的绢丝下，若隐若现勾人心魄。

天风常觉得自己虽已年岁渐长，但仍旧怀揣着一颗赤子之心，这使他在待人接物上时常多愁善感。不过对于男女间的情事他却是毫不避讳，在他心里，男欢女爱就如一日三餐那般稀松平常，不值一提。

脑海里的曼妙身躯让他想起了另一个女人的身体——青筋凸起、毫无血色、赘肉横生，那是他的妻子。她的身材矮小，眼神中总是透露出一股歇斯底里的疯狂，脸上常年挂着两个浓重的黑眼圈。这张脸一浮现出来，天风顿时觉得先前美好的幻想被一把利刃划破，那黑漆漆的裂缝仿佛在向他叫嚣着："这才是现实！"

天风忽然想起某次应一个杂志社朋友的邀请，他陪着妻子去朋友所在的神田赏花，后来又到横滨周边游玩了两三日。那天早上他们刚回到家，本该好生休息一阵，不料妻子却突然性情大变。她哐当一声摔上门，把家里的瓷器砸得粉碎，歇斯底里地说着"你是玩腻我了，现在想拍拍屁股走人了是吧?!"这类不可理喻的话，那癫狂的样子甚至让他生不出厌恶之情，满心只有恐惧。那日最后他身心疲惫地瘫倒在地，那场景他至今也无法忘怀。

"您瞧着脸色不太好啊，在想什么呢？"

女招待端着烤好的鸡肉串走进来坐下。

"可不是，约好的美人到现在还没来啊。"

天风不愿嘴上示弱，他迅速拿起烤串，身体稍稍前倾，故意狼吞虎咽地吃了起来。

"好吃，皮香肉嫩，确实不错。"

"您喜欢就好，不过她来得确实有些慢啊。"

妻子精神失常的样子在天风的脑中挥之不去，他的眼前再次浮现出她那赘肉横生的躯体，惨白的皮肉毫无血色，简直与那条青蛇的腹部别无二致，令人作呕。他觉得胃里又灼烧起来了。放下嘴里咬着的第二根烤串，他连忙喝了口啤酒。

"爽！"

他装出一副大快朵颐的模样，抬头一看却发现女招待已经不在了。胃里的不适感还没散去，他有些后悔刚才吃了那烤串，万一等会儿在车里吐了，今夜怕是只能败兴而归。

"您的女伴到了。"

门外传来了女招待的声音。推拉门随之被打开，女招待和叶子一同走了进来。两人一副亲密无间的样子，谈话间尽显亲昵。

"刚才听说一会儿有美人要来，我当是谁呢，原来是我们叶子啊。野本先生您真是艳福不浅，今晚可得请客哟！"

天风顿时把胃里的不适抛到了九霄云外，金丝镜框下，一双贼溜溜的小眼睛里透出一股深不可测的精光。

"好说好说。"他应和着，而后又开玩笑似的说道，"这会儿你倒是客气了，刚才不还追着我说要一起去小酒馆吗？"

女招待一笑置之，给叶子递了个眼色。

"叶子想吃点什么？"

"我已经吃过了，不过我想给爸爸和阿姨带些好吃的，就要两人份的鳗鱼饭吧。麻烦姐姐找位车夫替我送去可好？"

叶子说着将目光转向天风。

"野本先生，这样可以吧？"

"行，就这样吧，正好我也吃不下了。"

女招待闻言转身离去，天风趁机瞥了眼手表。

"再过五分钟就十二点了，一会儿要是饿了，到那边也能点菜，我们现在就走吧！"

"哎呀，再等一下嘛！不看见鳗鱼做好我总是不放心。"

"好吧，那趁这时间喝杯啤酒怎么样？"

"啤酒、清酒我都喝不惯，您喝吧，我给您倒酒就好。"

将酒杯斟满后，叶子把目光转向鸡肉串。

"我能尝尝这个吗？"

"当然了，这是烤鸡肉，你要是喜欢可以再点些。"

"不用了，这里已经很多了。"

说罢叶子就拿起天风还未动过的烤串吃了起来。她那樱桃般红润的小嘴、皓白的牙齿都让天风深深为之着迷。叶子刚放下一根竹签，转眼间又吃完了第二串，这下就连天风碰过的那串都没放过。

"喜欢吗，要不要再来一份？"

"不用了，已经吃得够多了，给我喝口啤酒吧。"

叶子拿起帕子擦去手上的油污，又端过天风喝了一半的啤酒一饮而尽。这时，女招待走了进来。

"鳗鱼饭已经打包好啦，我看你们应该也吃饱了，就把账单给结了，安排得还算周到吧？"

天风身体不适，也便没了玩笑的心思。他掏出一个长款钱夹，阔气十足地从中抽出一张付款，但里面其实只有相机专卖店老板适才打赏给他的两张十元纸币。

女招待拿着钱走出去后，叶子说道："我们俩一起出去的话太惹眼了，待会儿您先从马路这边出去，到对面的巷口等我，我随后就出了巷子去找您。"

"这样也行。"

"那您快动身吧。"

"好，那我走了。"

天风嘴上虽应了，心里却琢磨着方才结账时付的钱还有五块多没找回来，就算给女招待两元小费，也至少能剩下两三元。他有心拿了这钱再走，却碍于面子难以开口，只好作罢下楼去了。

"这是找您的零钱。"女招待在柜台结完账后，拿了装着零钱的盒子过来说道。

"你自个儿拿两元小费去，剩下的拿到楼上给叶子吧。"

"那就多谢野本先生啦，我这就去。"

天风闻言不禁挺直了腰杆，心里却还在盘算着那两元钱，这钱正好够他付清车费，这样一来，一夜春宵后他还能给叶子一张整十元的小费。他越想越糟心，走了一段路才骤然回过神来。四周静得出奇，除了他以外空无一人。

他加快脚步走出窄巷，向左穿过电车轨道，然后又左拐进入另一条狭窄的街巷。

这条巷子比刚才那条更加昏暗，道路两侧棚房高矮不一，屋檐前稀疏错落地亮着几盏灰暗的灯。天风沿着昏暗的街巷继续往里走，眼前出现了一栋两层式的出租事务所，再往前便是巷口了，那里开了家印刷店。

四下无人，巷子深处一片漆黑寂静，只有两盏灯挂在檐前散发出微弱的光线。

天风站在巷口，望眼欲穿地等待着叶子的到来，却迟迟不见她的身影。他回想起刚才女招待与叶子熟络的样子，心想她俩约莫是久别重逢，正聊得起劲，但眼下都什么时辰了，她怎么还不来赴约？他按捺不住地又朝巷子里看了一眼，突然望见远处出现了一个人影。"终于来了！"他暗道，随之放下心来，逐渐放松了先前因焦躁不安而紧绷的身体。

转眼间，人影已至跟前。那人影隐没在忽明忽暗的惨白光线下，天风定睛一看，瞬间瞠目结舌。眼前的女人穿了身和叶子一样的衣服，可她的领口上方，竟然没有头！

天风大骇，心想莫不是自己的眼睛出了问题，又怀疑她是不是用披肩或其他东西蒙住了脸。他将视线转向女人的手，只见她左手拎着个食盒似的东西，而她的右手上，赫然是个女人的脑袋，那张白嫩的小脸不正是叶子的脸吗！领口上方空空如也，可不正是因为那脑袋被她提在手中吗！他惊叫一声，随即失去了意识。

黎明时分，在岗的巡警发现野本天风昏厥在巷口，于是将他送回家中。自那以后他的肾脏逐渐衰竭，至今仍然昏迷不醒。

蟹怪

阿种正在河边用力地洗着衣服，她绑着白头巾，用一根红色的长布条将衣袖高高挽起。那是一个洗衣服的绝佳地，上游的小溪流缓缓流入这个岩石的凹洞中，犹如一个天然形成的洗衣盆。

阿种就这样趴在冰凉的岩坑上专心致志地洗着衣服。

阿种生活在土佐国¹的高冈郡，当时佐川的长野与户波之间有一个叫日浦坂的地方，高冈郡就位于日浦坂的山脚处。阿种脚下的这条小溪便是从日浦坂上流下来的，水流虽小，但无论严寒酷暑，从未有过枯竭之日。

溪边开满了美丽的蓟花，青芒叶沉沉地低着头，小溪上漂浮着米粒般的泡沫。阿种已经把第三件衣服洗好拧干，放在岩石上了，紧接着又拿起浸在水中的浅黄色腰带准备洗，不过她打算先稍事休息，因为长时间弯腰洗衣，她的右肩都已经僵硬了。

"阿种。"

1　日本古代的令制国之一。今日本高知县。——编者注

听到有人在喊自己的名字，阿种有些讶异，因为那既不是猪作也不是传藏的声音，她丝毫想不起来自己在哪里听过这个声音。她很高兴来找她的不是猪作，但又有些遗憾来的不是传藏。阿种很好奇，除了猪作和传藏，还有谁会来这种地方找她呢？她抬起头随意地往上一瞥。朝阳下的自己在水中留下一片倒影，而自己的影子上又多了一个影子，看起来像是人手，又像是螃蟹的钳子，乍一看就像鬼魅般恐怖，让阿种不由得吓了一跳。

"阿种，阿种。"刚刚那个声音再次响起。

阿种这才听清声音来自自己的身后，于是她转身一看，一个穿着紫色长袖和服的少年正站在路中间看着她，那少年长得十分清秀，看上去就像是个十五六岁的小姑娘。阿种一眼就看出他定是附近哪个庙里的小和尚了。

"阿种，你是不是不记得我了呀？"

少年咧着嘴，笑得一脸纯真。阿种左思右想，也没想出他是谁，只好无奈地问道："你是？"

她觉得自己太丢脸了，说完便满面飞霞。

"你很快就会知道了，回见！"

少年再次咧嘴笑着，说罢就转身朝日浦坂走去。阿种出神地看着他的背影，方才那般亲昵的语气，分明是认识自己的。他既然是往日浦坂的方向去的，想必是积善寺的小孩吧。自己偶尔也会去积善寺参拜药师佛，说不定他是在那里见过自己。

阿种不知不觉已经直起了身子。少年的身影很快就消失在杂树丛中了，可阿种依旧出神地站在那里。

那天傍晚，阿种如往日般与母亲一起准备晚饭。

全家人坐下一起吃饭时，忽然发现阿种居然静悄悄地站在昏暗的后门处，母亲一脸疑惑地问道："阿种，你怎么还不来吃饭啊，呆呆地站在那里做什么？"

"嗯……"

阿种依旧站在那里发呆，于是母亲又接着说道："快点把饭吃了，与平先生说水烧好了，我们早点过去吧。"

"好。"

阿种终于回过神来，坐到母亲身旁动起筷子，可没吃两口又把碗放下了。

"今晚怎么吃这么少，是有什么心事吗？"

"没有，我没事。"阿种看着母亲随口应了一句。

"是吗？那我去泡澡咯。"

"好。"

"再不去水就脏了，你也快点去吧。"

"嗯。"

阿种走进土屋，从毛巾架上取下毛巾，又拿了糠袋¹来到了外面。今晚的月色很好，照得人间格外明亮。阿种走下两三级石阶后，沿着下面的小路往右走去。右侧是一处悬崖，崖上有一排民居，左边是一片蜿蜒起伏的旱田，里面长满了成熟的麦子和玉米，夹杂着一些苎麻和柿子树。

阿种走了半丁²有余，就到了一户门前种着蜜橘和枇杷的人家。阿种从果园中穿过，走到后院的马棚与雪隐³之间的五右卫门风浴堂口，跟着前面的三个人一起走了进去。

"到阿种了，快进去吧，不知哪家的小伙子能有福气娶到你呢。"

排在阿种后面的阿婆一脸慈祥地笑着。一个准备从浴桶中起身的妇人也笑着插嘴道："阿种可真是个好姑娘，不知道多少人排着队想娶回家呢，快来我这里吧。"

于是阿种在那妇人起身后进去舒舒服服地泡了个澡。走出浴堂时，原本明亮

1　日本古代的洗澡用品，相当于沐浴露。——译者注

2　丁为古代日本丈量单位，1丁为109.09米。——译者注

3　茅房的文雅说法，源于中国宋代。——译者注

的月光变得朦胧了许多。阿种刚走到果树茂密的小门处，就看到一个人从暗处突然冒了出来。

"阿种。"

不用抬头看也知道那是猪作的声音，阿种不由得一阵恶心。

"阿种，你真就这么讨厌我吗？"

阿种无奈，只得停下脚步。

"哪有啊，你别乱想。"

"既然如此，那你为什么不能听我把话说完呢？"

猪作长着一张四四方方的脸，个子很矮，目前只剩下年轻这一优点了。

"你说吧。"

"倒也没什么要紧事，你过来些。"

"去哪里？"

"来我这里，再过来点，要不被人看到不好。"

"不用了，有什么事明天中午再说吧。"

阿种又惊又恐地加快了脚步，谁知男人的手如一条长蛇般缠住了她的身体。

"你干吗？放手啊。"

"你就这么讨厌我吗？"

阿种拼命挣扎却徒劳无功。男人用力抱着阿种，打算将她拖进果树丛里。这时，男人的眼前突然闪过一个东西，他慌忙推开阿种，用双手蒙住双眼"啊"地惨叫了一声后往后，跳了一大步。他的眼前突然闪过一个紫色的巨物，看上去像是一把大剪刀。于是，男人如燕子般翻身逃走了。

阿种正在用力挣扎，突然感到背后一松，失去重心后踉跄了好几步才终于站稳。回头一看，猪作正慌忙地逃出大门，很快就消失在浓浓的雾气中。

阿种心想，定是有人路见不平救了自己，便站在原地想等恩人现身，以便道谢，可是左等右等也没见到一个人影。

第二天开始，阿种就变得有些反常了。她经常停下手里的活计发呆，或者站在家门口呆呆地看着外面。去溪边洗衣服时，明明只带了两三件衣服，可是到了中午也不见她回来。母亲担忧不已，连忙出去找她，却发现自己的女儿正呆呆地站在溪边。

那天晚上，传藏忙完一日的工作后，顺便拐到阿种家打个招呼。传藏出生于户波的家俊，来到此地后给人打短工度日。

阿种和母亲在客厅里点上灯后开始织麻布。传藏走到挂有竹帘的外廊，月光照在他高大强壮的身躯上。传藏擅于角力，并自称"二见潟"，但事实上却是一个老实的年轻人。

"阿种，你今晚怎么这么无精打采的。"

传藏看着阿种白皙俏丽的脸庞问道，她的手里虽然织着麻布，但心思显然不在这上面。

"嗯。"阿种看也没看传藏一眼，只是随口应了一声。

"阿种这两天很奇怪，都是这副心不在焉的样子。"

阿种的母亲看向传藏道。平时传藏也会在收工后顺道过来看看阿种，然后阿种总是一脸依依不舍的模样："你再待一会儿吧。"

于是两人总是闲话到深夜。

"她这是怎么了？"

"不知道，已经两三天了。"

传藏和阿种的母亲聊了会儿。因为阿种眼神涣散，别说开口了，就是看也没看传藏一眼，落寞的传藏只好先回家了。

第二天早上，阿种拿着一两件衣服准备去河边洗，刚走到屋后的仓库门口，就被正在那儿割麦子的母亲拦住了脚步。

"一两件而已，不用特地去了，明天再一起洗不就好了吗？"

"那么多很难洗，我还是现在去洗一下吧。"

"你要是觉得麻烦，我去洗就好了，你今天休息一下吧，麦子成熟的季节，人总是特别累，你还是去休息一下吧？"

"我还是去洗一下吧。"

母亲看她这么坚持，也不好再说什么了，便遂了她的意。

"那你快点回来哦。"

"嗯。"

阿种随口应了一声后，神魂不定地向外走去，似乎被前方的什么东西所吸引。

母亲站在原地看着她走远后，陷入了沉思，不过很快就意识到自己还有更重要的活计，连忙转身继续割麦子。但母亲心里始终放不下阿种，所以割了不到半小时的麦子就放下工具去了河边。

到了河边一看，阿种带来的几件衣服就泡在她常在的那个位置，可阿种却不见了踪影。母亲大惊失色，连忙四下里寻找女儿的踪迹，可找了好久依旧不见人影。她问了问在草地上拔草和在田里割麦子的人，都说没见到阿种。母亲连忙到地里找到正在割麦子的公公和大儿子，接着又跑到对面山谷告诉正在除草的阿种父亲，一时间整个村里都沸腾了。

附近的邻居听说阿种出事后也都纷纷聚集而来。大家听阿种母亲说了阿种这几日的反常后，都猜测阿种大概是精神出了问题，所以才精神恍惚地出了家门，也有人猜测可能是被歹人拐骗走了。

到了下午，所有的邻居都帮忙出门寻找阿种的踪迹。一队人从佐川町出发前往松山街道，一队人前往高知的城下，还有一队人则穿过日浦坂前往户波方向寻找。

那队准备穿过日浦坂前往户波的人走到一个山崖边时，不知是谁突然说了一句："快看那个池塘。"

"嗯？池塘里有什么东西？"

一行人穿过路旁的杂树林，往下方的池塘走去。脚下的腐叶泥泞不堪，每一步都走得十分艰难。杂木间长着许多圆锥形绣球花。

碧蓝的池水中不见一丝波澜。十余人来到水草丛生的池塘边，四下寻找了一番。

很快就有人发现水草上漂着一把梳子。

"梳子，那儿有一把梳子。"

众人纷纷顺着那人手指的方向望去。那里果然有一把黄杨梳子，看起来应该刚掉入池水里不久。

"是梳子啊。"

"你们不觉得那把梳子很眼熟吗？"

一个年轻的男子说道。

"哎呀，那不是阿种的梳子吗？"

开口的人便是猪作。

"猪作说得对，看样子阿种来过这里。"

一时间，众人沉默不语，不过眼神依旧在碧蓝清澈的池面上徘徊。

"对啊，确实是她的。"

"怎么办？"

"找个钩子钩上来？"

"早点捞上来看看，也许能快点找到阿种。"

"有没有胆子大的人下水看看？"

一行人议论纷纷。

"我下去看看吧。"猪作说道。

"你愿意下去吗？"

"那敢情好。"

猪作脱下衣服和鞋袜后下了水，刚走了两三步，池水就已经没到大腿处了。猪作在那里思索了片刻后，接着吸了一口气，猛地一头扎进水里游了过去。

其他人都站在岸边静静地等待着猪作回来。一支烟的工夫后，距离猪作游出去的地方三四米处，突然涌起一股异色，接着很快就蔓延开，不多久，水面就被一大片红色的浑浊液体所覆盖。

众人又是震惊又是疑惑，直到一具如同大鱼一般的尸体浮上了水面，人们才惊得哇哇大叫，随即四处逃窜开来。那是猪作的尸体，右边的手臂被连根切断，切口处的鲜血汩汩直流。

看到猪作离奇死亡，众人哪还有心思寻找阿种，再加上除了梳子外，也没什么其他的线索。于是大家都推测阿种与猪作一样已经离奇死去了，便回村告诉阿种的家人，将这天定为阿种的忌日，为她祈求冥福。

听闻阿种惨遭不幸，最伤心之人莫过于传藏了。

自那以后，传藏每日替人打完短工后，都会去阿种家安慰她的母亲，他觉得只有这样才能给自己一丝慰藉。

那日，传藏结束一天的工作后，如往常一般去了阿种家和她的母亲说话，不知不觉已是深夜。那日阴雨连绵，屋外伸手不见五指。传藏沿着日浦坂慢慢爬上山，不知不觉就走到那个池子旁。忽然，一阵若有似无的声音传进他的耳朵里，"来啊，来啊……"传藏觉得很不可思议，便停下了脚步。

不多久，那阵声音又响了起来。

"可恶。"传藏愤愤地低声道。再过去说不定会遇到危险，他想着，便折返了回去，一直走到了日浦坂和虚空藏山之间的坡道。

路过一个叫作巫女奈路的洼地时，传藏发现不远处的大石头上出现了不可思议的东西。

那是一个十分美丽的女官，她穿着十二单和服，绯色袴裙，若空谷之幽兰，典则俊雅，贵不可言。向来胆识过人的传藏觉得今晚定有奇异之事发生，便一动也不动地盯着那女官。顷刻间，那女官的身影消失了，随之出现了一个身穿盔甲的武士。不久后，那武士也消失不见了，一座若皇宫般金光闪闪的宫殿出现了，可没过多久，那宫殿又变成了一尊若不动明王像一般浑身熊熊燃烧的佛像。

传藏依旧站在那里，嘴角露出一丝冷笑。那佛像很快也消失了，一个体形巨大的螃蟹慢慢浮现了出来，看起来足足有十二张榻榻米[1]那么大，螃蟹的背上坐着一名女子，那正是传藏魂牵梦萦的阿种。

　　传藏听村民们描述了猪作的死态，觉得阿种也定是被那螃蟹所杀。传藏怒不可遏，握紧了拳头就向那螃蟹扑去，只觉得身体一阵麻木，便失去了意识。

　　再睁开眼睛时，传藏发现自己正躺在巫女奈路的草地上，天也已经亮了。于是传藏悄悄地起身回了家，自那以后，便再也没有遇见过怪异之事。

1　一张榻榻米的传统尺寸是宽90厘米，长180厘米，厚5厘米，面积为1.62平方米。——编者注

（叁）

六道绘

收录于作者一九二七年出版的系列怪谈作品。

六道絵

原稿现存于日本四国德岛中古书店，
于首版五十七年后由"悉桑派"
译者探访获得。

哑女

伊井蓉峰的弟子中有一男旦名为石川孝三郎，此人因爱好作画入了清方门下。虽称不上貌若潘安，但长相也偏有股莫名韵味。

一日石川装扮完走在村庄里准备去演出时，遇见了来后台玩耍的美貌少女，年方十七八的模样，原来是个束着发的哑女。

演出期间不便住旅馆，石川便夜夜宿在剧场内。这期间二人暗生情愫，共赴巫山，私下敲定了终身。

好戏终有落幕之时，戏班子即将启程去下一座城市。

当时的社会风气靡乱，人人纵情酒色，戏班中有人每到一个新的地方必先找来当地女子寻欢作乐，玩弄过后便一走了之、弃如敝屣，诸如此类之事屡见不鲜。

石川一来无力供养妻子，二来念在此女身患哑疾，与她终是难度终生，故也并未付出真心。旁人见二人每日如胶似漆，心中暗生妒意，遂将个中道理悉数告知哑女，并煽风点火道石川另有佳偶，正谋划着要弃哑女而去。

哑女闻言心头大震，是夜便去了石川住处，一进门就打闹不止。石川颇费了番气力才安抚好哑女，并约定好携哑女同行，只待天明便启程。

行至驿站时正当破晓，石川很快发现哑女并未带换洗衣物。哑女遂折返去取衣物盘缠，让石川在此等候。

哑女走后，石川复又思量，只觉无论如何都不能带身患哑疾之女同行。他心中庆幸尚未告知哑女此行的目的地，仓皇逃去了下一个城镇。

彼时的戏剧采取新派旧派同台表演的形式。剧场开演之日，旧派头戴青帽，新派头戴红帽，乘车绕城游行。

那日游车行至河川，石川突然想小解，便独自下了车。见河川旁聚了五六人正议论纷纷，他不明所以地凑了上去，发现地上竟躺了个盖着粗草席的溺尸。石川架不住好奇，揭开了草席一角，那是个面朝上仰躺着的年轻女尸。

石川一看之下顿时胆裂魂飞，双腿发麻几欲倒地，那尸体分明就是遭自己始乱终弃的哑女！

他急忙上车想追上大部队，却因突发高热无法登台。染病在身的石川无法在剧场休息，便借宿在其他三个同僚所租下的乌冬面铺的二楼。

入夜，同僚们都去了剧场。

石川独自一人睡在灯光昏暗的内室，突然有人轻轻拉开隔扇走了进来。

石川原以为是店铺掌柜家的人来了，定睛一看，只见那人不是哑女又是谁。石川烧得昏昏沉沉，只想着哑女终究还是找了过来，他尚未理清思绪时哑女已悄无声息地靠了过来，伸手正要掀被角。

石川此时才恍然意识到哑女早已溺死，急忙想将哑女挡在被褥外，却为时已晚，哑女已然躺在了石川身侧。

石川寒毛倒竖，不敢发一言，见那哑女毫无怨怼之色后才松了口气，起身迎合上去。

不知过了多久，石川突觉意识清明，似是挣脱出了梦魇，侧身一看，却发现哑女早已不见踪影。

此后每晚，哑女都会来到病榻边，与石川行周公之礼。石川痛苦万分，将实情悉数告知同僚，忏悔道：

"我受女子怨灵纠缠，怕是命不久矣。衣裳的前襟里还有些散钱，若我哪天魂归西天，还劳请各位告知故土。"

交代完后事不多时，石川忽然痊愈，一直到关东大地震前后才故去。

隧道鬼火

在兵库县和冈山县的交界处，有一条连接上郡和三石两地的隧道。

为了修建这条隧道，许多工人丧命于此。正因为这些修建时发生的不幸，传闻每当火车通过隧道，轰鸣声中总是隐隐有"死的人还不够多……呜呜呜"的声音，因此乘务员们都对这条隧道充满了恐惧。

故事发生在十几年前。

一个新来的乘务员实在受不了车厢里的闷热，独自来到观光车厢的连廊处透气。在连廊处，乘务员正大口呼吸着新鲜空气，却突然感到一股寒气顺着脊梁骨直冲头脑。

与此同时，他看到前方的线路上微微升起一团团蓝色的火焰，这些火焰缓缓地浮到半空，然后蜂拥着向列车袭来。

乘务员虽然神经大条，但看到这种景象照样觉得毛骨悚然，急忙跑进了二等卧铺车的车厢里。

他跑进去之后，紧接着车厢就像被什么东西撞到一样，发生了非常剧烈的摇晃。

抽屉

希洛市是仅次于火奴鲁鲁的夏威夷第二大城市。

在希洛市有一家商店，老板为了节约薪水支出，雇用了几名中国人和日本人在店里当伙计。

有一次，伙计中有一名中国人出了点差错，结果老板马上就解雇了他。随后，老板迅速招了个伙计顶岗，结果干了没几天，新招的伙计就再也不来了。

店里的伙计都有自己固定的工作范围，少了一个人，各项运转就显得有些捉襟见肘，无奈之下，老板只得又去招人。

结果，新聘请的伙计没过几日，又不来了。

商店的老板就纳闷了，心想："我就不信这个邪，难不成这张柜台闹鬼了？"于是，再招，不出所料，没过几日新招的伙计还是不干了。老板后面又陆陆续续招了几个，也都干不长久。

老板百思不得其解，于是找到那些辞职不干的伙计问个究竟。

那些伙计众口一词，都说："问题就出在早先被解雇的中国伙计曾经用过的柜台上。"他们每次一打开柜台的抽屉，就感觉旁边会飘来一个人站在那里，太吓人了，根本没办法工作。

这个故事是大正三年（1914年）曾经在夏威夷小住的田岛金次郎讲给我听的旅途见闻。

妖蛸

这大抵是发生在明治二十二三年的事了。

某个夜里，因诗人啄木之碑而闻名的立待岬[1]，迎来了一对投海殉情的恋人。男人名叫山下忠助，是位海产批发商家的少爷。女人名叫水野米，曾是函馆花柳界中一位知名的常磐津演奏师。

男人的尸体于次日被发现，女人的尸体却不见了踪影。

其实她压根就没死，玩了一招瞒天过海后改名换姓，又若无其事地嫁给五棱郭一带某个渔船主做了妾。船主的前妻因故过世，也不曾留下一男半女，所以渔船主决定，只要水野米能为他生下孩子，就将她扶为正妻。

三年后，水野米的肚子大了起来。渔船主喜出望外，只当她这是身怀有孕，日日掰着指头等着她生产的那一日。

事实上，米的肚子里并无婴孩，而是患了一种不知名的怪病。

"预产期"过后，米的肚子依旧在一天天地变大。渔船主不惜万金遍寻神

1　位于日本北海道函馆市，是面向津轻海峡突出的海角。——编者注

医，好不容易请来了一位医界圣手。但这位名医却只道了一声"大罗神仙也救不了了"后，便摇头离去了。

四处求医不得的水野米，最终还是撒手人寰了。渔船主悲痛欲绝，将爱妾的尸首送去了火葬场。

水野米的弟弟新吉闻讯也赶来送水野米最后一程。不过新吉并非水野米真正的弟弟，而是她从歌伎时代起便一直暗通款曲的情夫，人称艺伎的新公，绰号浪爷。

很快，水野米的遗体就被众人架于薪堆之上，四周的亲友邻里都开始为她念佛祈福，焚尸工也点燃了薪堆。

火苗不停地蹿动，胆怯的妇人们都一脸惧意地后退了几步，男人们依旧站在一旁。焚尸工一次又一次地向薪堆里加柴，但水野米的遗体丝毫没有燃起的迹象。

更离奇的是，水野米的遗体竟然开始喷水了，而且火势越猛烈，水量也就越多。到后来，四肢起火了，但躯干却依旧完好无损。

但凡火化，通常只需五六十根柴便可烧个干净，现今备下的柴火都快烧尽了，可水野米的遗体依旧躺在那里，似乎总也烧不完。

焚尸工终于忍耐不住了，一把夺过身旁渔夫的鹰嘴钩，猛地击向水野米的腹部。刹那间，伴随一声巨响，水野米的肚子炸裂开来，与此同时，一只大章鱼从中钻出，以迅猛之势扑向新公，并对其喷出了一口乌黑毒辣的墨汁，将新公的头部、胸部染得一片漆黑。

新公顿时晕死过去。众人见状，连忙上前帮助焚尸工一同捕杀了章鱼，复又添薪加柴，连同那只章鱼一起丢进了火堆，这次很快就全部都烧尽了。

几日后，渔船主坐在家里的火盆旁昏昏欲睡时，眼前突然浮现出水野米的身影，只见她不住地俯首道歉，却不知所为何事。渔船主猛然一惊睁开了眼睛，就在此时，新公横死的消息也传开了。

关于新公的死，其实也是众说纷纭的。

一种说法是，水野米与海产批发商家的少爷在立待岬殉情一事本就是新公策划的一出戏。水野米出身于茨城县水户，深谙水性，说是跳水，其实只是游到对岸去了，新公的小舟就停在那边。而一起跳海的海产批发商家少爷也懂些水性，当时并未沉底身亡，就在他浮出水面时，一下就发现了正朝小舟游去的水野米，怒火中烧之下，他拼命追赶。

　　登上小船的水野米和新公一看事情败露，慌忙抄起船桨对着海产批发商家的少爷一通暴打，直到他沉入了水底。

往生要集

肆

收录于作者一九二二年出版的怪谈小说，该书为作者的日本怪谈小说集。

往生要集

原稿现存于日本九州佐贺中古书店，
于首版五十六年后由"悉桑派"
译者探访获得。

暗哑妖女

时值明治七年（1874年）四月，神奈川县多摩郡下辖的仙川村中，有一村民名唤浅尾兼五郎，传言称此人家中常有妖魔作祟。

离奇怪异之事自去年五月起便时有发生，兼五郎不堪其扰。

官府对此颇为重视，遂遣了专人到兼五郎家调查问询，却未能查明原因，灵异之事仍未了结。于是县衙门再次传召兼五郎，严厉审问了一番，但由于怪事并非兼五郎所为，故也只能不了了之。

那一日，兼五郎的妻子正在厨房煮饭，饭锅突然摇摇晃晃地飘了起来，眼看就要碰到天花板。

妻子见状吓得脸色惨白，连声哀求道："啊，这位大仙，求您千万手下留情，放下这口锅吧，求您收了神通吧！"

妻子一面说着，一面将头死死抵在墙上求饶。不多时，饭锅果真轻飘飘地下落，嵌回炉灶里了。

又有一日，家中有客来访。

兼五郎刚把客人带进内厅坐下打算招待时，突然觉得膝盖有些刺痒。他心下生奇，

081

伸手一探，竟拽出了一只旧草鞋。兼五郎大惊起身，只见另一只草鞋也从身下飞了出来。

又有一次，庭院那边传来"咔嗒咔嗒"的巨响，过去一看，发现靠在院边的两根竹竿晃晃悠悠地立了起来，远远看去像是人在走路一般。

家中人惊恐万分之际，又不知从哪儿飞来了一件小千谷缩¹制的浴衣和一把洋伞。只见一根竹竿穿着浴衣，一根竹竿撑着阳伞，竟一摇一晃地走了起来。

又有一日，兼五郎从隔壁鞋铺借了把铁锄，用完后便随手将它靠在檐廊边上。不一会儿鞋铺店主前来讨要，兼五郎正想取来还给店主，走到檐廊边一看，哪里还有铁锄的踪影。

兼五郎急赤白脸地找了一通，却见那铁锄突然从檐廊下摇摇晃晃地探出头来。

"咦，居然跑到这里来了。"

兼五郎说着就想弯腰去取，那铁锄却顿时又缩了回去。过了一会儿，铁锄又探出个头，兼五郎便又想去取，刚一伸手它又缩了回去。

几次来回，那铁锄终是不知所踪。

话说兼五郎家有一哑女，每当有物件遗失，她总能指出其下落。那日哑女正巧到了跟前，兼五郎打着手势，向她问铁锄的下落，哑女用手指示意在稻田前面。兼五郎去那边一看，铁锄果真就在草丛中。

又有一次，恰逢兼五郎邻居家的女子来访。女子正在厨房前和兼五郎妻子说着话，裙角突然莫名卷起。那女子惊叫一声用双手死死压住裙角，却也无济于事，只能见着身上衣服一点一点向上卷起，毫无落下的迹象。

邻村有个血气方刚的年轻男子，名唤伊太郎。某夜酒气上脑，决心要来兼五郎家镇压邪灵，半道上却被不知从哪儿飞来的小石子砸到，正中眉心，当场见了红。伊太郎面色一白，急忙逃回家去了。

这样的怪事不胜枚举，无有一日停歇。奇怪的是，每每怪事发生之前，哑女都会不见踪影。

1　以小千谷市为中心制造，使用天然苎麻纺成的细线制造的麻织物。——编者注

怪面具

话说，有一位名叫浪华纲右卫门的日本怪谈浪曲大师，在他家中有这样一个骇人的怪面具。那面具长两尺，宽一尺，面具左眼，垂如巨乳，右眼仅存一半，弯如新月；头发蓬乱，状如枯草；口唇朱红，乃是取五脏六腑俱裂之血绘制而成；其上破裂处均贴以深灰色的布。

这本是怪谈浪曲界的元老——初代林家正藏的秘藏之物。正藏长寿期颐，活到一百零六岁，当时在静冈县沼津市的正藏于弥留之际，将那怪面具作为遗物赠予弟子中川海老藏。

不料，在一九三〇年的秋天，海老藏的妻子弃他于不顾，离家出走了，因此事海老藏积郁成疾，一时间卧病在床，痛苦不堪。然而，某一天，海老藏拄着拐杖硬撑着走到了弟子纲右卫门家中。

"人活一世，命无定数，今日苟活而明日难料，此物便交给你了。"

说着，便从布包袱里掏出一物，正是那怪面具。

纲右卫门虽然喜出望外，却依然推辞道："师父，这么贵重的东西，竟要给小徒。"

"老夫命不久矣，你快些收好这遗物吧。能继承老夫衣钵的，只有你一人哪！"

语罢，海老藏便如离魂般迈着无力的脚步返回家中去了，在那之后不过七日，纲右卫门就收到了海老藏的死讯。

不久后，纲右卫门欲用这一面具在艺界博得声名，于是他戴上面具在深川的樱馆剧场表演《四谷怪谈》，第一夜来了三四百人前来观看，第二夜却只有十四五个看客，第三夜，剧场门口骚动不已，一片血雨从天而降。

纲右卫门为消除众人的恐惧，把那面具收了起来。直到一九三二年，时隔良久，他再一次将面具取出，让弟子纲行戴上，并与他合拍了一张照片留念。

拍照后不久，就在纲右卫门小饮啤酒时，平日里如小猫一般温顺懂事的弟子纲行竟因为一点小事与他大吵起来。

"你这小子，犯什么浑?!"说着，纲右卫门就挥起酒瓶砸向纲行。

纲行因此受了伤，不久之后纲右卫门的妻子也一病不起。一波未平一波又起，后来，纲右卫门沦落到连房子都转卖了。

适逢那时有一个叫伊藤静雨的人正游山玩水，行至此地，偶遇纲右卫门。

纲右卫门把这不祥之物的来龙去脉告诉了静雨。两人分别后的翌日，静雨就听闻纲右卫门的夫人驾鹤西去了。

自此，纲右卫门始终被令人窒息的恐惧缠身。

一九三六年三月，纲右卫门去往浅草玉姬町一个名为永传寺的菩提院，虔心供奉寺中神佛，并将那个恐怖的面具永远封存于该寺庙中。

神仙河野久

本故事改编自明治四十三年（1910年）宫地严夫翁在华族会馆讲演时的笔记记录。

宫地严夫翁乃宫中掌典，他本人信神并为此编辑了《神仙记传》。

本篇故事的主人公河野为宫地翁的门生。河野名久，人称虎五郎，后又称俊八，修道以后名号"至道"。原是丰后杵筑之地的武士，任职于大阪中岛的地方仓库。明治维新后，仓库归大阪府管辖，移居江户堀。河野久笃信神佛之道，常常阅览神道书籍，参加宫地翁的讲习，等等。

明治七年四月，河野从大阪迁往泉州贝冢，从这时起他的神仙崇拜的信仰变得更为清晰、坚定。

据宫地翁记载："我的讲座河野从未落过，他在听讲的过程中意识到神仙是威严的存在，并真诚地崇拜神仙，励志求仙之道。为了修行道法，他下决心一定要拜谒神仙，因此立志行万种善，并舍身入犬鸣山开始修行。"

河野去犬鸣山圣地闭关修行是在第二年三月，但是早在前年十月他做了个仙梦后，就已开始立志修行。在犬鸣山苦修期间，河野每日都立于瀑布之中，任瀑布冲刷洗礼自身。

开始修炼的第一周就发生了各种神秘的事。

八月，河野登上大和葛城山之巅开始修炼。他端坐草地之上，让元神抵达幽玄虚无之境。

入夜时，河野一身白衣仙风，仍旧万念悉捐，八风不动。夜空中繁星闪烁，河野的身侧响起了两三只鹿的鸣叫声。叫声停歇后，传来一阵窸窸窣窣踩踏落叶的脚步声。

等河野意识过来时，有五只鹿就站立在他身旁。这些鹿像是跟他很熟稔似的，一会儿趴着一会儿站着，自在地在旁边活动。

河野心无旁骛，专心修行，纹丝不动。

第二日黎明刚至，一直在他身旁的鹿突然就消失不见了。河野也不诧异，仍旧继续修行。到这天傍晚时，他口渴难耐，便起身朝着山下的溪边走去。

刚走两三百米，对面就走来了一位装扮怪异的男子。

这名男子看起来二十多岁的样子，肤色白皙，眼睛锐利，身着黑色纹样的纹付羽织袴，他长发垂背，以二尺短刀束发。

"这位行者，您在这深山之中所为何事？"那男子问道。

"小生昨日上山修行，这会儿口渴想去寻水喝。"河野如实告诉了他。

"我知道哪里有，随我来。"男子反身往山下走去，河野跟在他身后。

他们穿过矮枝条丛生的铁杉、白桦等乔木，拐过山坳，来到一处巨石底下。巨石中有一青苔丛生的岩洞，岩洞中还蓄积着一汪清泉。

"就是这儿。"那男子指着水说道。河野躬身往竹筒里装水。

天色暗下来时，两人沿着来时的路折返。

"昨夜山上可曾有怪异之事？"男子问道。

"不曾有过，只是深夜时来了五只鹿，一直嬉戏到黎明，天亮时突然就不见了踪影。"河野答道。男子听了猛地回过头，了然一笑："这鹿共五只，小鹿三只，余下的是它们的父母。”

河野怔了一怔。脑子里马上觉得这男子绝非凡人，或许正是他心心念念一直想见的神仙。于是他便立马跪地叩拜。

“不知仙人大驾光临，不到之处，还请多多海涵，请帮弟子指条明路。”

“足下求道之心令人动容，怎奈我今晚必须得回家。如果您想修行仙道，不妨随我来吧。”黑暗中，那男子的双眼如繁星般明亮光彩。

“谢谢，小生想跟随仙人。”

“走吧。”

男子像一阵风似的飞跑起来，河野不好意思落下，也拼尽力气跟上。

道路飞快地变幻，一会儿是草木茂盛的山峰，一会儿是岩石峭壁间的溪谷，一会儿是古木参天、伸手不见五指的深山老林，简直令人眼花缭乱。寒风凛冽，云雾弥漫，星星时隐时现。

仙人身轻如燕地一直朝前飞奔，河野却跟得极为辛苦，不知何时晕厥了过去，等他清醒时，发现那仙人已绕到他的身后帮他顺顺背。

“醒了？”

仙人不知什么时候给河野喂了灵药，这药沁人心脾，令河野神清气爽，疲倦也如酣睡过后般云消雾散。

“不远了，再坚持坚持。”

河野站起身跟着仙人继续出发，天色不知不觉已近黎明。

道路拐进了参天的丛林里，清晨的阳光透过树梢的缝隙，洒下一片片光亮。一个巨大的岩石映入眼帘，仙人走进这岩石的岩洞中。

“到了，进来吧。”

河野跟着走了进去。仙人一副清逸仙姿盘腿坐下，河野也紧跟着坐在仙人的面前。

“弟子名河野久，愿从今往后能在仙人门下修行。不知此处为何地？”

“此处乃吉野山深处，自古人迹罕至，乃仙道修行的不二之地，吾原为大和国神官，名山中。吾尚在人界时，世乃足利义满、义持为将军，这二人刚愎自用，傲慢成性，吾愤怒之极便遁入山林。吾乃应永初年（1394年）出生，舍身进山修行时已四十岁余。第一次入山去的是富士山，师从富士山的神仙。后历经数百年苦心修道，终功德圆满，求仙成真，被授予照道大寿真。近来脱离地仙之籍，入天仙行列。这个灵洞乃吾一直以来的修行之地，带你来此是感动于你的诚心，请不必拘谨。"

说话间，日已东升，朝阳照耀着岩洞。百鸟鸣叫着朝洞口而来，有琉璃色羽毛的鸟儿，也有如孔雀般展翅的圣鸟，它们在洞口翩翩起舞。河野突然想起自己晕厥时吃的灵药。

"今早您给弟子吃的不知是何药？"

"你去看看洞外的草木就知道了！"

"请仙人明示。"

照道大寿真微微一笑：

"桂枝树下不长草，麻黄茎叶不积雪，万物生长皆有规律，寻到这些规律用心感知观察山里所有草木，便自然能悟出药之所在。"

接着，仙人像是打开了话匣子似的，开始口若悬河地传授仙道秘诀。河野也都一一谨记在心。

下午，寿真仙人结束了传授。河野听了这一席话深感自身道行浅薄，惶恐不安，便向仙人说道："弟子才疏学浅，恐有辱仙人这圣地，恳请允许弟子再往人世历练数载，待将来再请仙人赐教。"

"甚好，为师送你一程。"

寿真带着河野出了岩洞。二人往山下走去，走了四公里左右，出了老林，看见一条溪谷。左右两侧嶙峋巨峰直指天际。溪谷沐浴在夏日的暮色之中。寿真指着溪流下游处，说道：

"沿着溪流一直往下游方向走就是那座山的山脚下。"此时，寿真已指向溪流下游左侧的挺拔的山峰。他的指尖泛着层层金光。

"沿着那座山的交界处一直往西走，就有条大道。"

河野点了点头。

"将来要来寻为师时，可在这边等候，为师自会前来接你。"

河野一步一回头地朝山下走去，恋恋不舍。最后一次回头时，刚好看到一抹彩云飘到寿真头上。

当晚，河野在溪流下游处投宿。次日途经吉野路、五条桥本，夜晚借宿笼鸟山小庙。大约过了十日，方从纪州路越过泉州的牛泷往葛城山而去。在葛城山修行两日后，于第十三日的下午抵达贝塚住处。

此后，河野多次前往葛城山或吉野去与照道大寿真见面。照道大寿真也时常来河野家中。

河野将自己师从照道大寿真的始末写成书，附名《真话》，亲自送给宫地翁阅览。

河野后来从堺市前往大阪，寄居在西区纪伊桥西北方向附近的粕谷治助家。

明治九年（1876年）的夏天，宫地翁知道了河野遇神仙的事。此时宫地翁受教育省任命正在大阪任职，传授神道。虽然早前河野就旁听过宫地翁的讲座，但那时只是区区一名旁听生，宫地翁根本就不认识他。而这次，承蒙长泽在仲医生的介绍，河野提着条真鳟前去拜访宫地翁。

"我听过先生您的讲座。"

至此，宫地翁才知道河野曾是他的旁听生。此后，河野时常去宫地翁处，有时还会逗留几日。而河野的餐食都是自带的葛汤，每餐一杯。

"真是个省心的客人。"

宫地翁曾这么打趣地向挚友讲起这件事。

河野有娶妻，名米，乃是同县木村知义的妹妹。河野时常跟这个木村同去拜访宫地翁。木村将自己与河野往来的书简及谈话汇编成书，题名《至道物语》，送给宫地翁。至道即河野的名号。

　　明治二十年（1887年）四月下旬起，河野开始百日断食修行。七月底离百日还差几日时，河野唤来旅店主人。那时，院子里的午后夏日仍灼灼闪耀。河野倚着桌子垂着头。店家匆忙跑进河野房内。河野微微抬起头，望着房主说：

　　"上苍有怜悯之心，烦请给我两杯冰水。"

　　以前河野断食修行时都还是会喝点水，只有这次才断食断水，店家很是同情，立刻取来冰块用盆子端了上来。

　　"真是感激不尽，再过两日我的修行就圆满了，怎奈有个地方着急着去，给店家添麻烦了。"

　　主人家本以为他说的地方是指贝塚老家，便说道："前路漫漫，还请务必保重！"

　　河野道了声谢，便又趴回桌案上。主人家便也离开去忙其他事了。

　　后来主人觉得或许河野有其他事需要帮忙，便又去了河野房间。这时河野仍旧趴在桌案上没有动弹。拿来的冰水，一杯已经空了，另一杯似乎喝了一小口，没有拿来时那么满。

　　（这么长的修行想必是累极了，睡着了吧。）

　　主人家想着蹑手蹑脚地走出房外，生怕吵醒河野。但是，他又很担心，没一会儿就又过来看了下河野。河野还是像之前那样趴在桌案上。主人家想着也许自己走后河野有醒来喝过水，于是就看了下水杯，发现水杯里的水还是和刚才一样。

　　（看来真是累极了，所以睡得昏昏沉沉吧。）

　　主人家又朝外走去，但他内心总觉得河野的样子与往常不同，便又折回来叫道："大师，大师……"河野没有应答，也没有任何反应。

　　主人家赶忙走到河野身边，伸出手想摇醒他。但河野的身体已经完全僵硬了。

　　河野死后大约二十天时，宫地翁刚好有事从东京前去大阪，他在挚友中岛家中偶遇河野曾暂时借宿过的粕谷治助，这才听说了河野已经去世的消息。

明治三十四年（1901年）五月，东京麹町区饭田町的皇典研究所举办了神职讲习会。

宫地翁那时正在编纂《神仙记传》。有一日，参会的备前国[1]国币中社[2]安仁神社的祢宜[3]太美万彦携同伴拜访宫地翁。万彦看到了宫地翁书案上的《神仙记传》原稿，便问道：

"先生是真的相信神灵的存在才编纂此书，还是只是觉得有趣？"

"我相信世间真有神灵存在，因此才花上数年的时间编纂此书。"

"是吗？"

然后万彦便不再谈论这个话题，聊了些其他的就回去了。但是第二日他又独自前来，说："昨日有其他人在，不便详谈，我其实也是个信道之人。"

接着万彦说起一个他自己经历过的神仙故事。

备前国赤磐郡太田村万富梅有一位名叫山形尊的三十岁盲人。这个盲人少年时想学音律，但记性差，总是记不住。有人便告诉他："向安云严岛的辩才女神祈愿的话，记性肯定会变好。但是祈愿期间要禁止吃一切熟食。"对此，山形尊深信不疑，当时才十二岁的他坚持不吃熟食祈愿了七日，却毫无应验。

山形尊绝望之至，便想自绝，他来到该地和气郡板根的桥上想投河自尽。这时，和气郡熊山上的神仙突然降临，将他带到山里，传授给他各种本领，临走时还送给他四种仙器：两寸多长的银制乐器、一寸半长的龟甲状水晶制物、铁扇、剑。神仙告诫他："十年内不要将此事告知他人。"

山形尊信守承诺，十年过后也没泄露过只言片语。

明治二十八年（1895年），同国的御野郡金山有三人来拜访他，说是神仙吩咐的，山形尊这才同他人讲起此事。从这时起，山形尊将所学秘法、禁术全用于

1　日本古代的令制国之一。今日本冈山县。——编者注

2　神社的社格。——译者注

3　神社官职。——译者注

救治附近的病人。不久山形尊的赞誉声日益高涨，也开始有人拜他为师。太美万彦就是其中之一。

山形尊时常带着门人前往熊山。那些能不食熟食、严守清规戒律的弟子也能聆听到熊山山顶神仙的奏乐，只是无法一睹仙者风采罢了。

山形尊也曾对弟子们说过："在熊山、吉野山、伯耆的大山等地都有仙境，吉野山的神仙和熊山的神仙时常往来。"

有一晚，万彦照例跟随山形尊前往熊山聆听仙乐。只是这晚的仙乐中有一个不和谐的声音，万彦觉得很奇怪，山形尊也百思不得其解，便询问了神仙，神仙答道："近来来了一位刚从人界飞升而来的新神仙，他对乐律暂不熟悉，所以音乐有些不和谐。"当山形尊具体问这位新神仙尊名以及何时入仙籍，答曰："名河野，十四五年前入仙籍。"

听完万彦的讲述，宫地翁起初并不当回事，漠然置之，因为他觉得这很可能是万彦知道自己和河野的关系，故意编些话来取悦自己。但是，在后来万彦的多次拜访交流中，宫地翁发现万彦似乎并不知道自己与河野的关系。

于是有一日，宫地翁便问万彦是否认识河野。

万彦当然不认识河野。

宫地翁把河野所著《真话》与木村知义的《至道物语》一并呈给他看。

万彦对此很是吃惊，他写信给山形尊提起这件事，神职讲习会结束回乡后，又同山形尊会面详谈。山形尊也通过打听得知河野飞升后住在吉野山的仙境里，时常往返于熊山仙境。

关于这件事，宫地翁曾云：

"至此真相大白，诸事皆应了我的猜测，至道之死并非寻常，乃与前述汉朝李少君或我国白箸翁之流一致，都为得道后遗弃肉体而仙去的尸解。我认为此事完全可证实神灵的存在。实际上，我的《神仙记传》中还记载着其他比这更有趣的奇闻逸事，但河野乃我亲眼所见之人，加之又有现役安仁神社大宫司的太美万彦佐证，乃最可信之事，故特此为讲述。"

怪脚

这是小说家山中峰太郎在广岛市帜町时发生的故事。

那时山中还是个九岁的小孩子。

某天夜里，因为家附近的女子学校发生了火灾，家里人带他去附近的农村躲避，而就是在那里，山中看到了一些不该看到的东西。

当时他一个人去厨房，刚进去就感觉一阵寒气袭来，顿时让他打了个冷战。这时他抬起了头，猛地看到一个巨大的脚掌悬在屋顶。

借着女仆房间映出的灯光，能清晰地看到这个脚掌皮肤的颜色和上面丛生的毛发，那巨大的脚趾足足有成年人手腕那么粗。

看到这些的小山中早如同吓傻了一般，呆呆地站立着看着眼前这怪异的景象。就这样大约过了两三分钟，那个大脚才像烟雾一样渐渐散去了。

滑头鬼

收录于作者一九二二年出版的怪谈小说，
该书为作者的日本怪谈小说集。

滑瓢

原稿现存日本关东群马中古书店，
于首版五十六年后由"悉桑派"
译者探访获得。

蛇性之淫

在纪伊国¹的三轮崎有个名叫大宅竹助的大土豪，祖宗积德，家运昌隆，从海中获利无数，赚得盆满钵满，因此家境富裕，雇着许多渔夫。

他家育有三个孩子，长子代父管家，次女出嫁大和，三男名丰雄，生性敦厚诚恳，喜好清高飘逸之雅事，无俗世之心，故家人欲帮扶他为学者或僧侣，为他在新宫主祭安部弓麻吕那儿谋得一职。

九月将逝的某日，丰雄照例前往师父处学习，其间云生东南，下起了雨点。丰雄便向师父借伞而归。途经飞鸟神社附近时，雨势突然变强，令人难以行走，丰雄只得暂避在熟识的捕鱼郎家屋檐下，静候雨势减弱。

这时，忽闻有女子声音问道："这檐下可否容奴家一起避避？"

丰雄循声望去，原是一碧玉年华的美人携一豆蔻年华、梳蝴蝶髻的少女。

女子称她们刚从那智归来，天公不作美，遇此大雨。丰雄见这女子容貌光彩夺目，大为着迷，便将借来的伞转赠于她。

女子受此美意便也告知了丰雄自家住新宫附近，为县某家的，名唤真女儿，

---

1 日本古代的令制国之一，位于今和歌山县和三重县南部。——编者注

而后执伞离去。

丰雄目送女子消失在雨中后，便向此处认识的人家借了蓑衣斗笠回到家中，然而那女子的倩影终日在目，萦绕不散。

于是当夜，丰雄因白日里思念过甚，夜里便梦到了那女子。梦中丰雄寻得那美人家。只见那府邸门庭气派，遮雨格幽闭，风帘翠幕低垂，一副闺阁春深的景象。真女儿盈盈而出，清扬婉兮，并唤来了美酒佳肴。丰雄见此喜不自禁，与该女子怡情微醉、共赴良宵。

只可惜良辰美景只是无痕春梦，难以慰藉现实。

次日清晨，丰雄思心难遣，茶饭不思，便去新宫寻那女子。他四处打听，却无人知晓。

日头过晌午时，从东边走来了那梳着蝴蝶髻的少女，原来那女子家就在咫尺，丰雄只叹自己寻了半日却不自知。于是丰雄跟着少女走进宅子，只是这下又惹得他诧异万分，这府邸高门宅院，遮雨格幽闭，珠帘低垂，竟与梦中毫无二致。

少女进了屋唤了声："昨日那公子来取伞啦！"

话音刚落，真女儿就从屋内盈盈而来，将丰雄引到正厅茶室里。

这茶室也非寻常人家模样，木制房内榻榻米铺地，博古架上摆满了古物摆饰，帷幔上绣着古色古香的绣画，看得丰雄眼睛都直了。真女儿如梦中那样盛情款待了丰雄，其间诉说起自己的身世，原来她是该地领主下属县某之妻。今春丈夫殁去，失了依靠。

"昨日雨中承蒙相助，不胜感激，公子宅心仁厚，奴家愿往后岁月里都伺候公子。"

丰雄听女子这一番话，心中暗自叫好，可是他很难为情地说道："家里乃兄长当家，吾乃寄人篱下之躯，除这身残躯，别无他物，恐无财帛迎娶。"

真女儿听了便取来一把镶嵌着金银珠宝的宝刀，笑道："官人平常多来奴家这里相会，奴家就心满意足了。此乃奴家前夫所佩带之物，官人拿去当迎娶之用。"

至此，丰雄大喜，因天色渐晚，丰雄便起身告辞，真女儿热情挽留他，奈何无故在外投宿会被家人斥责，丰雄只得婉拒，并承诺明晚再来相会。

次日，丰雄兄长太郎要外出张网捕鱼，路经丰雄卧室时不经意看到丰雄枕头旁有一宝刀，在清晨的残烛中熠熠生辉。

太郎很是讶异，连忙上前询问，可丰雄不愿相告，只道是从他人那儿得来的。

丰雄父母听闻此事也都前来询问，但丰雄都以难以启齿为由拒不告之，无奈最终只得让太郎老婆前来探听。丰雄这才把真女儿的事倾心相告，嫂子听了便道："你孑然一身，我本也觉得十分可怜，今日这事可是天大的喜事啊！"嫂子当夜就将丰雄与女子相会之事告诉了太郎。

太郎听完却疾首蹙额："未曾听说领主下面有个县某人。"说完他仔细端详了宝刀，却突然大惊失色。

原来此宝刀乃京都大臣殿下献给熊野新宫速玉神社的宝物，是前阵子丢失的宝物之一。

父亲听太郎这么一说，慌忙说道："这要是被人知晓，会被诛九族的，为了子孙后代，必须得把这不孝子送官，明早赶紧去报官。"次日一早，太郎便去神社神官大宫司那里报了案，正在大宫司处负责宝物失窃案的国司副官文室广之立即派了十名武士去抓捕丰雄。

丰雄被抓来后痛哭流涕，大喊冤枉。副官便命丰雄领路，派武士前去真女儿家一查虚实。

丰雄到了目的地后却愣住了，屋子虽然还是高门屋舍，但门柱早已腐朽不堪，屋檐上的青瓦也支零破碎，一副久无人迹的荒芜样子。

武士唤来附近的人家盘问："县某之妻是住这里吗？"一打铁老翁出来答话："这房子三年前乃一姓村主的人家所住，那时他家家道中兴，养了很多仆人，有一回主人带着大批货物乘船前往九州，但不幸船只失了踪迹，后来家里的人也都各自散去，此后这房子就再也无人居住。听漆匠说昨日这名男子入内待了好一阵子才出来，甚为怪异！"

武士听此便道："我还是入内搜搜，以便回话。"他推门入内，只见室内布满了灰尘，中间悬着一顶破旧的幔帐，一名如花似玉的女子端立其间。

武士赶紧往前冲去，却只听一声惊雷，这女子便隐了踪迹，只剩下一地散乱的狛锦[1]、吴绫、倭文[2]、缣[3]、盾、矛、箭囊、锹等，全是那丢失的宝物。

至此，丰雄才完全洗清了偷盗嫌疑，但他将神物据为己有这件事也是犯法，所以他最终还是锒铛入狱了。丰雄父亲和兄长为此到处奔走，使尽银两，终使丰雄只需蹲百日牢狱即可。

出狱后丰雄深感惭愧，无颜见人，便前往大和姐姐家中。

姐姐家在泊濑寺[4]附近的石榴市，经营一家卖香火的店铺。

一日，丰雄正在店中，有一位京都高门贵妇着普通人打扮携一少女进店买熏香。那少女一见到丰雄便道："公子原来在这里，让人好生难找啊！"原来这贵妇乃是那真女儿。

丰雄道了声"妖怪"便死命地逃进屋内。

女子连忙追着辩说道："奴家听闻公子被官家押走，便忙去找往日我常念他贫穷施恩于他的邻居大爷商量，合计把府邸弄成山村鬼舍，抓奴家时响起的那声惊雷也是故意弄来唬人的。那神社宝物哪是奴家一个弱女子偷得了的，都是奴家那死去的丈夫所为。"

姐姐夫妇二人听了真女儿的说辞，不疑有他，说道："朗朗乾坤，哪有什么妖怪，姑娘这大老远历尽艰辛来寻人，真令人动容，姑娘放心，就算丰雄仍不听解释，我也定要留你。"说完还将真女儿领到丰雄那儿，不久还撮合两人缔结了姻缘。

日子也就这样相安无事地过去了，转眼就到了阳春三月，一家人打算去郊游。

真女儿却推辞道："奴家自幼就去不得人多的地方，走不得远路，容易头晕难受，真遗憾没法同行。"但大家还是硬邀请了她同行。

一行人经过一个寺庙往瀑布而去时，走来一位头发像搓麻绳一样搓起来的老

1　高丽锦缎。——译者注

2　大和锦缎。——译者注

3　密织型锦布。——译者注

4　丰山神乐院长谷寺。——译者注

翁。老翁大喊："妖怪，为何要为害人间？纳命来！"话音刚落，真女儿和少女就已纵身跃进急流中，不见了踪影。

与此同时，黑云如墨席卷而来，滂沱大雨开始肆虐。老翁急忙将惊慌失措的众人引到有人家的地方。这老翁名当麻酒人，乃神社神官。

他告诫丰雄："这妖怪乃老蛇妖，生性淫荡，与牛乱交生麒麟，与马交配生龙马，这次缠上施主正是由于施主长得颇为俊俏，请务必要小心。"

经此一番，丰雄如梦初醒，返回纪伊国。

家里人认为丰雄遭受此番种种劫难皆因暂未娶亲所致，便替他四处打听待嫁闺女。

一日柴乡庄司带媒婆来丰雄家说媒，他的独生女为宫廷采女，想招人入赘。丰雄家自然是乐见其成，满口应答了下来。于是庄司家便派人前往京都接回女儿富子。

不久，富子归来，丰雄也被迎娶到她家。

第二日夜晚，丰雄喝了点小酒有些微醺，便同富子打趣道："娘子久居宫内，往日陪的都是中将、宰相，而今与吾这等乡下人同眠，心中想必很是怨恨吧？"

富子听了却猛地抬起头，用真女儿的声音说道："背信弃义，抛弃旧爱，却死皮赖脸地贴着这个毫不足道的贱女，没有什么比这更可恨的。"

丰雄听此声音，吓得面如土色，浑身直打战。那女子又怪声笑道："如果官人再听信他人谗言，将奴家抛弃，那么奴家誓报此恨。就算纪路群山再高，誓将官人的鲜血沿峰顶直染红到谷底。"

丰雄还没回过神，屏风后又缓缓走来了那梳蝴蝶髻的少女，她温婉一笑："官人就算再愤慨，也断不了这缘分哪，真真妙不可言！"

这下丰雄彻底明白是怎么一回事，正道是孽缘难断！

次日，丰雄逃离卧室后就向庄司说起这事。庄司决定去请鞍马寺的法师捉妖，这法师每年熊野祭时都会出现。

鞍马寺的法师将雄黄熔化装入小瓶，径自来到富子卧室。却见一条雪白的蟒蛇，头上长着枯木状的角，张着三尺宽的血盆大口，口吐血红的火舌，盘踞在整个房间之中，法师惊骇异常，气绝而亡。

等丰雄去察看时，那蛇妖又已幻化成美丽的富子。

丰雄因自己的罪孽连累他人也跟着遭罪，深感内疚，决心亲自前去解决蛇妖。庄司赶紧拦下他，然后自己去了小松原的道成寺请法海和尚帮忙。

法海和尚说："老朽虽已年迈体衰，道法也不精深，但不忍见施主遭此劫难而无动于衷。"他取来一浮动着芥末芳香的袈裟交于庄司吩咐道："先甜言蜜语哄骗那畜生至近身处，而后用此袈裟罩住其头部，用力压住，万不可让它逃去。"

庄司大喜而归，将袈裟交于丰雄，并将法海原话吩咐于他。

丰雄立刻前往富子卧室，伺机用袈裟罩住了富子，还拼尽全力压住她。这边法海和尚的轿子也刚好抵达。法海和尚口念经文，屏退丰雄，掀起袈裟，那富子已虚弱地伏卧在地，身体上方盘踞着一条三尺长的白蛇。

法海捉了这蛇将它放进弟子递过来的钵盂里，后又念动经文，这时屏风后面爬出了条一尺长的小蛇，法海将这小蛇一并放进钵盂内，用袈裟封了钵盂口，带回寺庙。

见此，丰雄合家合掌行礼相送，感激涕零。

回到寺庙后，法海和尚将钵盂深深埋于本堂前方镇压，让这蛇妖永世不得出来为害人间。

此篇《蛇性之淫》被誉为是友人上田秋成《雨月物语》中最杰出的一篇，但它并不是秋成所作，而是翻案[1]自中国古代传奇故事。

该故事原本为《雷峰怪迹》，收录在中国杭州西湖传说集录《西湖佳话》中。

"雷峰"指的是西湖湖畔的一座塔，由吴越王王妃黄氏所建。

《雷峰怪迹》讲述了因孽缘而引发的一个动人故事。

著者旧时在西湖游玩时，也为南岸湖畔巍峨耸立的高大雷峰塔所折服。西湖南岸有雷峰塔，北岸有保俶塔。

---

1 日本文学创作中的一种文学体裁，指借用本国的古典小说或外国小说、戏曲的大致情节和内容，对人情、风俗、地名等进行改编。——编者注

人偶物语

二手用品店的老板大井金五郎，肩上背着一个巨大的包袱，里面装满贩来的二手用品，回到他位于金町的家里。

金五郎早先到了三河岛莲田，在二手用品店老板小林文平的卖场，买回了包里的这些旧货，其中包括一个旧人偶。

等他赶到家里时，早已夜幕降临。

他那间窄小的临街店面点着昏黄的电灯，店面后方的房屋更加矮小逼仄，活像冻白菜的地窖，妻子正在里间忙着准备晚饭。

"回来啦。冻坏了吧？"

"天倒是冷，不过，今天不一样，不觉得。"

妻子看着金五郎满面红光，不知道他碰上了什么好事。

"哎哟，瞧这话说的。看来今天运气不错，是不是淘到什么好东西了？"

"还就让你说中了。"金五郎解开绳结，卸下肩上的包袱一脸得意，"来，过来看看，也好叫你开开眼界。"

说着，金五郎从包袱里小心翼翼地捧出了三个古色古香的桐木箱子。妻子好奇地凑过来，想看看到底是什么宝贝。金五郎看着凑上来的妻子，脸上似笑非笑。

"喂，看了可不要吃醋呀。里面的东西真是太棒啦！"

"吃醋？吃什么醋？"

"喏，你自己看吧。"

金五郎说着打开其中一只箱子。

妻子一看，只见里面放着一个女人偶的头。人偶女子的脸看上去大概二十六七岁的样子，头顶上盘着胜山发髻，上面插着一支紫色的发簪。

金五郎花了二十五两银子就买下了这个人偶，心下非常得意。

"哎呀，好像啊，这看上去就和真人一样。不过，却总给人一种很邪门的感觉。"

"去去去，这叫灵性，你懂不懂？所以啊，我才买了这个，希望开年能带来好运。今儿我高兴，带你一起去鬼怒川温泉放松放松，怎么样？"

"鬼怒川好啊，我早就想去啦。"

两人说着话，金五郎不禁又喜滋滋地多看了人偶的脸几眼。这不看不要紧，只见那人偶的眼睛动了一下，脸上还露出了一丝凄惨的笑容。

"啊……"

金五郎吓得仰面朝天摔倒在地，随即蹦起来没命地逃出了房间。

"活的！活的！"

金五郎买回来的人偶，头、身体和手足被分成了三份，分别放入不同的箱子里。如果把躯体拼接在一起，大概有五尺二寸到五尺三寸长。

金五郎自从被眨眼微笑的人偶惊吓后，便彻底疯了，没日没夜地大吼大叫。

再说金五郎的老婆也是惶惶不可终日，很想立刻把这邪门的人偶处理掉，但是那天发生的事情已经在朋友之间传得人尽皆知，谁也没这个胆接手。

金五郎的老婆没办法，只好拜托人把人偶扔到荒郊野外的大河里。奇怪的是，箱子扔到河里以后，就像底下挂了铅坠的浮标一样，根本沉不下去，也流不走。

　　扔箱子的人觉得这箱子实在是不祥之物，捡了根竹竿打算把箱子捅出去冲走。没想到，用竹竿捅的时候，箱子也只是稍微漂动一下，而且竹竿一撤走，箱子马上又自己漂回了原来的位置。

　　金五郎的老婆走投无路，只好跑到位于町屋火葬场前的地藏院里，陈述这段时期的遭遇，请求寺院能够封印人偶。

　　地藏院的住持名叫森彻信，他接过人偶箱子，仔细地端详起来。

　　人偶箱子上写着"小式部"几个字，笔锋苍劲古朴。接着，住持向小林文平详细了解人偶的来历，发现，人偶是从同样住在町屋的林田雪次郎那里来的。

　　住持最后追到了林田老人的住处，询问人偶的来历。

　　原来，早在文化[1]年间，在吉原的桥本楼有一位妓女，名叫小式部太夫。也是命中定数，有三个武士同时看上了她，且都执念很深，互不相让，即便离开主家也一定要将其纳为己有。

　　小式部不想大家为难，考虑良久，最后决定请人根据自己的样子做三个顾盼生姿的人偶，准备分别送给三位武士。

　　雕刻师接到了委托，第二天就带着工具来到了小式部的住处。此后，师傅每天都过来，一边看着小式部的容貌，一边现场制作。

　　可没想到，人偶才做了一半，小式部没痛没病的，身体却日渐憔悴，等到人偶完成的那天，小式部竟然一命呜呼了。

　　小式部死后，人们遵照她的遗言，把三个人偶分别送给了三位武士。

　　其中一个人偶，则落到了熊本县一位和林田老人相交甚笃的武士手里，最后武士把它送给了林田老人。

　　林田老人说，他以前还经常看到熊本的那位武士旧友，坐在家中为人偶梳头结发……

1　日本光格天皇的年号，该年号从1804年使用至1818年。——编者注

铁匠之母

土佐国东面与阿波国[1]接壤的地方，高耸着一座"野根山"，那是旧时土佐至阿波的必经之路。

承久之乱后，土御门天皇被流放至土佐，就在《承久记》中留下了"山中大雪苦"的感慨。

旧幕府时期，土佐藩在此地设立了一个"岩佐关"。

土阿两国的交界处，剑山、鱼梁濑山等山脉浩荡相连，海拔最高处甚至可以达到四千一百五十尺。

如今，从安芸郡的奈半利村出发，爬上东边的山坡后，就能看到米冈和装束这两片森林，爬到山顶后便可见到岩佐关遗址了。

那里有一处山泉，名为"岩佐清水"。

继续往下走，穿过千本岭和花折坂等小山坡后，便到了野根村。前方有一片长达十一里地的原始森林，林中杉柏成荫，美中不足的是此山恶狼成群，时常出

1　日本古代的令制国之一。今日本德岛县。

来袭击过路之人。

很久很久以前，一位信使独自一人翻过重重大山前往阿波。

秋日的夕阳缓缓地隐入大山，只在林中留下一片黯淡阴冷的光。前面的山路依旧漫长，若不加紧赶路，只怕到了天黑都出不了山。信使加快了步伐，但算算时间，恐怕要等天黑后才能到达野根村了。

突然，一个女子的呻吟声传入耳中，他循声望去，只见一名女子正虚弱地斜靠在杉树脚下，看起来很是痛苦。

虽然急着出山，但毕竟此处杳无人烟，若自己不施援手，那女子怕是过不了这一关。

心下思定后，信使走上前去，扶着那位女子的肩膀问道："你怎么了？还好吗？"

一问才知，女子即将临盆，今日正打算从阿波前往土佐，岂料走到半路竟开始疼了起来，大概是要生了。

此刻的信使在她眼里无异于神佛显灵，于是一脸欣喜地恳求道："求您帮帮我吧。"

信使向来心善，自然不会做出人命当前却视若无睹的事来，更何况即便她能自己顺利产下孩子，血腥味一旦散开，林中的野狼也不会放过这顿美餐的。他决定出手相帮。

可话虽如此，仅凭他一个人的力量，肯定无法将一个即将临盆的孕妇带回土佐。可若是在这里生子，引来狼群可就糟糕了。

信使四下观察了一番，不远处的一棵柏树引起了他的注意。那棵树很大，枝叶繁茂，层层叠叠，周围的一丈地都处于它的树荫底下，看样子即便坐上两三个人也不会撼动分毫。

信使思量片刻，决定将孕妇安置到树上去，于是抽出佩刀，从周围的草地上割下一把葛藤后爬上树，在枝干间搭出了一个足够容纳两人的空间，然后便将孕妇背上了树。

黑夜在不知不觉间降临了，整个林子一片漆黑，所幸初十的月亮还算明亮。

阵痛愈发密集，看样子孩子很快就要出生了。

信使从背后以双手托着孕妇，让她更好使劲。他打开孕妇的包袱和自己的行囊，取出所有的衣服，以备不时之需。

一阵清脆嘹亮的婴儿啼哭声打破了四周的寂静，孩子终于顺利出生了。信使轻轻抱起不停扭动的孩子，用衣服将他包好。

突然，四周一阵骚动，犬吠般的声音由远及近地传来。一声，两声，如石入水中时的波纹一般蔓延开来。不多久，他们便被那声音所包围了。信使仔细听了片刻后心下一惊，那竟是狼吠声！

信使微微调整了一下女子的坐姿，让她倚在葛藤上。将怀中的孩子轻轻地放回母亲怀里后，替他们盖上了一件衣服。

狼吠声不断逼近。终于解放出双手的信使从腰间摸出烟斗，点上火吸了几口。

"那是……什么声音？"产妇声音发抖地问道。

"哦，是狼来了。不过你放心，交给我吧，我能护你们周全。"信使泰然自若地继续抽着烟。

骇人的狼吠声在脚下响起。很显然，这棵大树四周已经站满了狼。

"来吧。"信使倒净烟灰后，将烟斗插回腰间，然后抽出一把佩刀，紧紧地握着刀柄，全神贯注地观察着狼群的动向。

起初，狼群还只是在树下打转，没多久便开始边转边喊。

一只狼率先爬上了树干，眼中冒着贪婪的绿光，头上长着灰白色的毛。信使冷静地观察着狼的动作，一手抓住树枝稳住身形，一手握紧佩刀，狼头刚一露出树干，就迅速挥刀砍下。

一声惨叫传来，那头狼掉了下去。

另一只狼也已眼冒绿光，爬上树来。信使依旧准确砍向狼的脑袋。那只狼也在发出了惨叫声后掉下树去。

他不停挥刀，不多久就砍落了一堆狼头，可下面的狼群依旧蠢蠢欲动。

信使集中精力盯着向树上爬的狼，无意间瞥了一眼树下，才发现底下一片密密麻麻的绿光。狼吠声在山中不停回响。

信使砍了五六十只狼后，一个奇怪的声音在空中响起。

"去把佐喜滨的铁匠之母叫来""去把佐喜滨的铁匠之母叫来"……

话音落下后，狼群竟然撤退了一段距离，又如刚开始那般在树下徘徊。

信使也趁着这个机会略作休息，他放下手中的佩刀转了转僵硬的手腕，心下疑惑道："'这佐喜滨的铁匠之母'究竟是什么人呢？怎么从来也没听说过？"

狼群依旧在树下徘徊。

一个时辰后，狼群似乎又恢复了斗志，继续前仆后继地爬起了树。天边的月亮与刚刚相比，明显已经西斜了许多。一道明亮的月光从叶间洒下，树下的场景清晰可见。信使依旧紧握着沾满狼血的刀，低头看了看树下的情形。

此时，树干上趴着好几头狼，一头体形巨大的狼正踩着同伴的后背爬上来，那头巨狼通身长着白毛，一看就是身强力壮的头领，此刻正大张狼口爬上树来。

信使挥刀砍去，正中巨狼的额头。巨狼惨叫一声后跌落树下。原本趴在树干上的那些狼一看形势不妙，也纷纷扭头就跑，口中还不停发出恐惧的叫声。

不多久，狼群就全部不见了踪迹。信使伸手随意摘下几片叶子，把佩刀上的血迹擦拭干净后收回刀鞘。那头巨狼落地后狼群就树倒猢狲散了，那么巨狼必是首领无疑了……可那个奇怪的声音"去把佐喜滨的铁匠之母叫来"究竟是什么意思呢？信使始终无法忘怀。

铁匠之母究竟是谁？莫非是铁匠之母叫来的巨狼？或者铁匠之母本身就是一个狼妖？不过佐喜滨指的就是野根村附近的海边，明天去村里打听打听或许就知道了。

"去把佐喜滨的铁匠之母叫来"的声音依旧盘旋在他耳边，久久不散。

天亮后，林中来了六七个结伴路过的旅人，他们来自野根村。于是信使将产妇与婴儿托付给他们后，打算独自一人前往野根村。

爬下树后，信使粗略地算了算，地上躺着二十多只狼，俱是血肉模糊。

信使抵达野根村时已是中午，不过他满脑子都想着"佐喜滨的铁匠之母"的事情，便决定找家熟悉的客栈先吃顿午饭，顺便打听打听。

走进客栈点了些饭菜后，信使和客栈的老板开始拉起了家常，顺带提了昨晚的遭遇，只是隐去了"铁匠之母"之事。

付了饭钱后，信使谎称自己要去佐喜滨办点事情，并状似无意地问了一句："我听说佐喜滨那边有家铁铺对吧？"

"有的有的，单名一个'庄'字的铁铺。"老板答道。

"我听说店主是个老人家，身体可还好？"

"老爷子死了五六年了，那个老太婆倒还挺有精神的，不过我听说这老太婆有点古怪，生生地把自己的儿媳妇给逼走了，这事全村都知道的。"

说者无心听者有意，往佐喜滨去的路上，信使不停地琢磨，就算那铁铺老太婆性子古怪，但人与狼又岂能共处呢？但狼群又确实将她视为救兵，这么说来，莫非她真是狼妖？不过如果她真是昨晚那头巨狼，那额头上就定会留下昨晚被自己砍伤后的刀疤。

那天海风呼啸，海浪狠狠地拍打着岸边的岩石，天地一片混沌。信使沿着海岸慢慢走着，只见一个小山坡处站着一位年轻的渔夫，信使走上前去打听道："您好，我想去佐喜滨的铁铺里打副马蹄铁，不知道店主奶奶身体还好吗？"

"你说庄屋的老太婆是吧？那老婆子精神着呢。精神到她儿子都犯了愁。"渔夫笑着说完，便走开了。

不管怎么说，只要去瞧瞧那老太婆的额头，所有谜团就都解开了。于是信使加快脚步到了佐喜滨，一路寻到了那家名为"庄"的铁铺。

信使走到门口一看，现任的铁铺老板庄吉此刻正在屋里打着一件铁器，从形状看来，应该是一把菜刀。

信使走进店里四下看了看，这家门面不大的作坊，以一道简陋的土墙隔成两间。他伸头想要看看内间的情况，却被一道屏风挡住了视线。庄吉一边忙着手中的活计，一边抬起头来打量着这位陌生的客人。

"师傅，我想打副马蹄铁。"信使说道。

"没问题，您先坐下歇会儿脚。"庄吉和善地说道。

信使绕过风箱，坐到里面的椅子上，然后从腰间摸出烟斗来吧嗒吧嗒地抽了起来。

"您大概不记得我了，我以前来过这里，也见过令尊令堂。不知两位老人家身体还好吗？"

"家父六年前去世了，如今只剩家母一人。"

"哦，虽说令尊也算是高寿了，不过到底还是有些可惜。令堂身体可好？"

"她身体好到我都快受不了了。"

"那不是好事吗？说起来，令堂今日不在家吗？"

"在呢。不过昨晚起夜时不小心打翻了一口锅，额头上流了些血，现在正躺在后院的炭房里休息。"

"啊？额头被锅划伤了？伤得重吗？"

"我昨晚都已经睡下了，突然听到院子里有动静，出去一看才知道她伤了额头，自己从衣服上扯了块布简单包扎了一下。家母性格固执，怎么都不肯让我检查伤口。但我估计伤得应该挺重的，她今天一天也没怎么吃饭，真是愁死个人了，怎么都不肯让我看看伤口。"

信使越听越觉得可疑，也就更想亲眼见见那老太婆，看看她到底是人是狼。

"讳疾忌医可不好，怎么说也得瞧瞧伤势，再上点药吧！对了，我的背囊里放着上等的金创药，给她用一点吧。"

"那就太好了！真是太感谢您了！"

"不用客气，举手之劳而已。那就快带我去见令堂吧，我给她上个药！"

"好的，您随我来。"

庄吉领着信使从右侧绕行至后院，那里有一间小小的木炭仓库。二人走进屋里，右边的厚草堆上正躺着一个高个子的老太婆。

"母亲！"庄吉开口叫了一声。

"什么事？"老太婆的声音很是沙哑。

"这位客人说他正好带着上好的金创药，不如让他给您涂点吧？"

"什么？金创药？"老太婆听完抬起了头，额头上裹了好几圈脏布条。

"婆婆，我听说您受伤了，我给您看看伤势吧？"站在庄吉身旁的信使开口道。

老太婆一见信使的脸，眼中顿见杀意。她的嘴越咧越大，几乎咧到了耳后根处。

"你就是昨晚砍伤我的混蛋！"老太婆发出骇人的怒吼声后，褪去人形，恢复了野兽之貌！

庄吉被眼前这一幕吓得晕了过去。

信使拔出佩刀迅速刺向巨狼，电光石火之间，巨狼的喉咙已被刺穿。

原来一两年前，庄吉的母亲上山拾柴时不幸遭遇巨狼，巨狼把她吞下肚后化作她的模样，然后堂而皇之地混入村子。

庄吉在母亲遇难之地找到了一些遗骨，推测应该是母亲的，便将这些遗骨葬在了父亲的墓旁。

后来，这个故事便在土佐一带口口相传至今。

鬼太郎

鬼太郎

陆

收录于作者一九二二年出版的怪谈小说，
该书为作者的日本怪谈小说集。

原稿现存于日本九州熊本中古书店，
于首版五十七年后由"悉桑派"
译者探访获得。

亡灵客栈

一

　　一番长途跋涉，小八终于来到了目的地——立山[1]那间有名的客栈。

　　看到有客人来，老板和女佣赶紧热情地迎了出来。见小八的脚被草鞋磨破了，女佣赶忙打了一盆从后山引来的山泉水，给他洗得干干净净的。

　　此时已经是夏天，树叶都变成了浓绿色，白天还是很热的，但位于立山脚下的客栈里凉爽宜人。小八刚进屋，女仆便来说洗澡水已经烧好了。小八去浴室舒舒服服地泡了个澡，用湿毛巾细致地擦干净脸，回到了自己的房间。

　　刚进屋坐下，客栈老板就敲门进来了。

　　"不知客官从哪儿来？"

　　"我从江户来的。"

1　立山自古以来就是人们敬奉、修行的名地，位于日本富山县。——编者注

"您是要上山去吗？"

"我想见一位已逝的故人。听说这里能帮忙实现我的愿望，所以就一路赶了过来。不知这个传闻是真的吗？"

"在这立山，既有幽冥地狱，也有极乐净土，是亡灵的聚集之地。只要您诚心诚意，一定能见到想见的人。"

"那要怎样才能见到呢？"

"这需要用到特殊的办法，我会给您安排妥当。但毕竟阴阳相隔，活人和逝者相见时绝对不能交谈。一旦您和逝者交谈，他就会立刻消失，而且您就再也没法见到他了。"

"明白了，我肯定一句话都不说。"

"那就烦请您将逝者的生辰和忌日写在纸上，我会先诵经祈祷。明早寅时我会派向导带您上山，到时您一定能如愿以偿。"

"见到逝者以后我该做些什么呢？"

"向导会带您到一个地方，您只需在那里等待，逝者自然就会出现。见到他以后您可以诵经念佛，但无论发生什么事都不能和他说话。一旦您开口，逝者不但会消失，还会变成孤魂野鬼，永世不得超生。"

"知道了。我也不会念什么经，一句话不说地看着就是了。"

"那就好。不知您想见的是谁？"

其实小八是个消防员，住在下谷长者町的大杂院里。他想见的是上个月过世的妻子。

妻子原本是新吉原的妓女，小八是她的熟客。后来两人日久生情，女人不做这行以后就和小八成了亲。

女人高个子，大眼睛，长得挺标致，就是性子有些轻浮。两人感情很和睦，女人在无花果树下的井口边淘米时，小八总会凑过来说两句话，帮她打水，没多久就成了院子里街坊邻居打趣的对象。

没想到天有不测风云，成亲不到一个月女人就暴病而亡。这以后小八整天失魂落魄，闭门不出。

亲朋好友们都很替他担心，有人便告诉他说立山脚下有家亡灵客栈，那里的人有办法能让小八见到过世的妻子。听到这个消息，小八立刻四处求人，凑了三两银钱后马不停蹄赶了过来。

听小八说完，老板满脸惋惜地说道："请节哀顺变。不知尊夫人去世时多大年纪？"

"二十五岁。"

"看您仪表不凡，夫人生前一定也是瘦瘦高高、面容姣好的美女吧？"

"哪有啊……"小八苦笑着说，"个子倒是挺高，可是脸也挺长的。我只是一个消防员，哪里能娶得到什么面容姣好的美女。"

"哪儿的话，江户的女子可都是美人。"老板像是忽然想起了重要的事情，赶紧补了一句，"夫人是哪一天过世的？"

"上个月的七号。"

"那应该能见得到。还有件事，今晚诵经祈祷的费用是二百匹[1]，给向导的是四百文，房费三百文，您出门后如果需要我们继续诵经，也要另付费用。"

小八从怀里掏出一个纸包，慢慢打开，拿出一两银子交给老板。"还请您继续诵经祈祷。"

"那我马上让人给您准备饭食。用过饭后请您好好休息，以免心生杂念。等到了时间，我会让人来叫您起床。"说完老板拍拍手，吩咐女佣尽快准备吃的。

二

吃过饭后小八立刻躺到了床上，却怎么也睡不着，那个肌肤温润的妻子仿佛就在身边，她乌黑水灵的大眼睛在自己眼前一直挥之不去。

---

1 匹为日本古代的货币单位。——译者注

"客官，客官……"女佣的声音把小八唤醒，"请您沐浴净身。"

小八起身，跟着女佣走向浴室。

此时天空已经泛起鱼肚白，几颗孤零零的星星挂在天上。后院传来公鸡打鸣的声音。浴池里已经换好了干净的热水，小八仔仔细细地洗干净身体后返回了房间。

饭菜早已送到房间，都是些素菜，荤菜只有椒盐河鱼。小八心里莫名地有些紧张。

饭毕，女佣撤下碗筷，老板走了进来，说道："向导已经到了，您可以出发了。"

小八从包裹里拿出一套干净的单衣换上，把行李和斗笠收拾收拾放好。

他正要走，在旁边一直默不作声的老板忽然说："请别忘了我昨晚的嘱咐，见到逝者之后千万不要跟她说话。"

小八点点头，走出房门。向导正提着灯笼在院子里等，两人向外走去，老板和女佣也跟出来，到店门口送行。

外面一点声音都没有，连风声都听不到。灯笼的光只能照亮眼前的一小块地方，小八和向导深一脚浅一脚地顺着客栈前面的小路上山。

山谷中的小溪上架着一座土桥，桥下传来潺潺的流水声。两人都不说话，只是往前赶。头顶偶尔响起婴儿啼哭般的鸟叫声，茂盛的夏草被脚踩过时沙沙作响，然而它们都传不到小八的耳朵里。

马上就能见到朝思暮想的妻子了，小八的心里全是喜悦，还有一点点好奇。

山路弯弯曲曲，在转过一个长着大树的拐角时，天已经开始放亮了，立山主峰那尖利的轮廓清晰可见。

走着走着，山路开始向下，两人来到一个大大的山谷。在一个足有十多坪[1]大的洼地前，道路向右弯去。

1　日本传统面积单位，主要用于计算房屋、建筑用地的面积，1坪约等于3.30平方米。——编者注

向导来到洼地边缘后停下了脚步，说道："这里就是立山的地狱了。您在这里坐着稍候，逝者会从对面的高处走过。"

向导把灯笼举起，指给小八看。洼地对面是一片缓坡，生着几丛矮竹。小八打开向导带来的粗草席，坐在了上面。

"日出时分我再来接您。"说完，向导提着灯笼转身走了。

小八默默地坐着，目送着向导的灯光越过山谷，消失在对面。只剩自己一个人了——小八感到脊背一阵发凉，但他仍然紧盯着向导说的逝者将会出现的方向。

三

夜色渐渐散去，山谷中还有些昏暗，但周遭的景物已经朦胧可见。这时忽然一个白色的影子映入小八的眼里。

一个身穿白衣、头发散乱的女子出现在洼地对面的岩石斜坡上，正要往远处去。小八愣住了，那女子身材高挑，和自己妻子毫无二致。

看到她，小八立刻将客栈老板的告诫抛到了九霄云外。他跳起来，一边喊着妻子的名字一边沿着洼地边缘向她跑去。

没想到，本来缓缓而行的女子忽然跑了起来。

小八像疯了一样在后面追赶，两人越来越近。小八从背后紧紧地一把搂住女人，女子用力挣扎着想要逃走，小八不敢松手，生怕她就此消失不见了。

女子的身体很柔软，是活人的触感。

突然，女子开口说话了。"求求您放过我吧，放过我吧……"边说边不停地挣扎。

小八瞠目结舌，探过头去看女子的侧脸，她额头上的白色三角竟然是纸糊的。

"我是被逼的，您放我走吧……"女子的声音里透着惊慌。

"……你不是死人？"

"我是被卖到亡灵客栈的……他们逼我做这个……"

"什么？"

小八觉得匪夷所思，又气不打一处来："岂有此理！"

这时小八才松开了手。

女子揭掉额头上贴的纸，尴尬地望向小八。天已经完全亮了，山里薄薄的晨雾在四周飘荡。小八仔细打量着眼前的女子，她长得还挺漂亮。

"你是什么时候开始做这种事的？"小八笑着问。

"今年春天才被卖到这儿来……"

"那还有其他冒充亡灵的人吧？"

"嗯，还有很多。男女老幼，客人想见谁，老板都能找到差不多的……"

"有意思。"

"您别取笑了。五十两就买了我这一辈，被逼着做这种骗人的事情……"女子泫然欲泣。

小八目不转睛地盯着眼前这个可怜人，若有所思。

"求您了，求您高抬贵手。今天的事要是说出去，不只是我，客栈老板也会跟着倒霉的……"

"我特地从江户跑到这里，就为了见一见上个月过世的妻子。想想自己也够傻的，活人怎么可能和死人见面，这种事说出去丢人的是我啊……"

说到这里，小八觉得女子也颇为可怜："你打算怎么办？每天在这儿扮鬼可不是办法，不如和我一起到江户去吧。"

女子不敢作声，直接拒绝的话恐怕他一生气把事情捅出去。

转念一想，为了见死去的妻子一面专程从江户大老远赶过来的应该不是坏人，自己跟着他走想必不会吃亏。

"怎么样？愿不愿意啊？"小八轻描淡写地问。

"倒不是不愿意……"一时间女子很难下定决心，回答显得有些犹豫不决。

"既然不是不愿意，那赶紧瞒着老板和我一起走吧。做这种骗人的勾当，客栈的人也不敢大张旗鼓地追过来的。"

看女人还在考虑，小八一把拉起她的手，说道："趁向导还没来，赶紧走吧！"

四

日出时亡灵客栈的向导按照约定来接小八，小八却早已踪影全无。

向导心中暗叫不妙，赶忙回去通知老板。老板一听，立刻派了两个熟悉地形的人到那座山谷中搜寻，哪里还找得到小八的影子。

老板暗叫不妙，这该不会是出了什么岔子吧？又派人到安置扮鬼的人的住处去找那个女子，自然也是踪影全无。

老板这才着了慌，亲自带领六七个手下分头到山里搜寻两人的行踪。

一直到傍晚，有个手下拿着女子穿的白衣回来了。衣服被扔在了通往邻村的山路路边。老板心知不妙，赶忙到邻村去打听。

邻村村口的十字路边有棵大树。在收了三文茶钱之后，树下摆摊卖茶水的老婆婆才絮絮叨叨地说："我早上才支开摊子没多久呢，一对青年男女就从这条路上过去了。当时天色还早，我记得清楚着呢……"

老板顿时气得七窍生烟，买这个女人花了整整五十两啊，就这么被人拐跑了！他赶忙回到客栈，检查了一遍小八的行李。哪有什么值钱的东西！包裹里是一件替换衣裳，地上散乱地扔着小八路上穿的绑腿、裤子，还有一顶破斗笠，斗笠上写着"江户下谷长者町小八"。

原来你叫小八，住在下谷的长者町！

老板赶忙收拾行装，前往江户。

五

傍晚时分，五六个人聚在小八家里喝酒。一个年轻漂亮的女子坐在小八身边，喜笑颜开。

小八是昨天回来的。他一回来，邻居们都不敢相信自己的眼睛：明明是跑去立山见自己死去的妻子，怎么转眼又带了个漂亮姑娘回来？

得知这个消息，朋友们也都赶过来看热闹，小八便准备了一桌酒菜，把事情的来龙去脉跟大家说了一遍。

"结果没想到，最后碰到的是这么个'女鬼'。"小八说完，看着满脸窘迫的女子促狭地笑。

突然，院子里有人高声喊道："有人在吗？"来的正是背着背囊的客栈老板。

小八立刻明白，这是找自己要人来了。一时间他有些尴尬，但想到自己被白白骗走那么多钱，一股无名火涌上心头。

"这不是亡灵客栈的老板吗？"

"没错！"

"你来这儿做什么？"

"我来把那个女人带回去啊。"老板皮笑肉不笑地说。

听到这儿，小八的朋友们都坐不住了。老板还没来得及再张口就挨了一顿饱打，被扔出了门外。

老板擦了擦满头的鲜血，不敢再进去，只得去找小八的房东。老房东不知道出了什么事情，赶忙提着灯笼走到小八的房门口。

"我是立山一家客栈的老板，您这儿的房客小八前几天来到客栈，拐走了我花大价钱雇的女用人。我专程跑到江户来要人，不想他和这些狐朋狗友借着酒劲把我打成了这样。"

不愧是老江湖，老板说话半真半假，只管说对自己有利的一面。

房东原本不想掺和到这种麻烦事里面，但自己家的房客打了人，自己总不能置身事外。无奈之下，他只能将老板请进屋，又把小八叫到另一间屋子里面，询问事情的来龙去脉。

"没错，女人是我带回来的，可老板也不是什么好人。"小八把自己在亡灵客栈如何被骗一五一十地说清楚，最后依然愤愤不平："泥人还有三分土性呢！但凡我有一口气在，他就别想把女人带走！"

听完之后，房东也觉得小八说得在理，就把老板也叫过来，打圆场道："你买这女人的确是花了钱，但骗小八这件事也确实理亏，不如就让这女人跟了他吧。"

老板哪里肯善罢甘休："说我找人扮鬼骗人？那是小八诬陷！我是做正当生意的，开的是正经客栈。"

"你，你这骗子！现在还倒打一耙！就算你说得再怎么天花乱坠也骗不了人，我是有证人的！"小八高声怒吼道。

"我管你有什么证人！怕不是跟你串通好了的？快把我家用人还给我。"老板心慌了，却还努力装出若无其事的样子。

"你还嘴硬！"小八起身又要扑过去打他。

房东赶忙制止，说道："既然你有证人，把证人叫过来吧。"

小八气冲冲地出门，没一会儿就把那女子带了过来："房东老爷，这是被老板买来逼着扮鬼的女人，她就是最大的证据。"

"客栈老板可曾让你扮鬼骗人？"房东问女子。

"是的。他花五十两买了我，逼我扮成逝去的人欺骗客人。"女子看都不看老板一眼，斩钉截铁地说。

房东转脸看向客栈老板，问道："老板，你还有什么话说吗？"

"撒谎，他们都在撒谎。她早就和小八商量好说辞了。"老板冷冷地说。

六

话说到这个份儿上，房东也无可奈何，大家只能衙门口见了。

主事的奉行¹仔细询问了一干人等，调查案情。

---

1 官职名，日本平安时代至江户时代的一种官职。——译者注

面对官员，客栈老板依然一口咬定自己从没找人扮过鬼。

奉行笑着说："我早就听说立山脚下有家亡灵客栈，能帮客人见到死去的人。只不过鬼都没有脚，那家客栈的鬼可是双脚齐全。我认识的人里也有见过这种'鬼'的，你还敢说你没找人扮过鬼？"

听奉行这么说，老板立刻明白，官府早就调查过自己家的客栈了，脸上就有些变了颜色。

"说话啊，你没找人扮过鬼，对吧？"奉行的眼光像刀子一样戳进老板的心里。老板浑身抖得筛糠一般，垂头说道："小人知错了……"

"知错就好。装神弄鬼欺骗百姓，榨取钱财，本是重罪。不过本官宽大为怀，这次给你一个改过自新的机会。你速速回到家里，把那些扮鬼的人都放了，老老实实地经营客栈。要是不听我良言相劝，继续指使假鬼骗人，下次只怕是你要变成真鬼了。"

"小人明白，明白。"

"至于那个小八带来的女鬼，你现在就修书还她自由身份。还有，骗了小八的钱也要一文不少地还给他。"

"小人立刻就办，立刻就办。"

看着老板诚惶诚恐的样子，坐在他右边的小八畅快地笑了起来。

七

离开衙门后，众人立刻去了房东的家。

客栈老板二话不说把一两银子和女子的卖身契递给了小八。

如此一来，两人总算名正言顺，不是诱拐了。

当天晚上就由房东夫妇做主，两人在房东家中结为夫妻。亡灵客栈的老板还有幸分了一杯喜酒喝。

没多久，小八就得了一个"幽灵小八"的绰号。

传世短刀

小松益之助是位负责掌管宝库的官员。

一日，他从韭生地区的白石一带搬到了高知城下，住进了一栋前人遗留下的宅子。那宅子本是一个叫小谷政右卫门的官员的府邸，据说当时有同僚出于嫉妒而诬陷小谷，最终导致小谷被迫切腹自杀，全部家财充公。

虽然不太清楚小谷当时被判了什么罪，但是听一个织造部门的官员讲，似乎是那个同僚诽谤小谷利用职务之便，揽收不义之财。此后那处宅子时有足轻武士[1]居住，可是听人说那宅子怪异得很，搬来的人倒是不少，可住户们很快又都一个接一个地搬走了。

益之助来的时候，这宅子正空着呢。话说，宅子所在的那条街，人称小谷横町，入夜以后，妇孺皆不敢在这街上走动。

益之助此人胆量过人，当时大抵处于而立之年，哪怕从熟人那儿听来了怪谲的传言，他也只是一笑了之。他与妻子同住，膝下无子。

1　日本古时最低一级的武士。——译者注

益之助夫妇在这里已然住了二十日有余，一切平安，并无异样。

"那些胆小的武士，究竟是看见了什么而胆怯的呢？"

某天夜里，益之助在床上躺下后，如此对自己的妻子说着，并对那些胆小之徒的传言嗤之以鼻。

就在这时，突然从外面小院里传来"咣当"的巨响。听起来仿佛是竹子一类的东西重重地掉落在地上的声音。此时并未有物什被风吹落的动静，而且也没有听到猫啊狗啊闯进宅子里四处乱跑的声音。

"什么动静？"

枕头前方的刀架上放有一把长刀，益之助起身拿起长刀，走出檐廊推开挡雨板。氤氲的夜空中悬着一轮清月，微弱的光洒落在小院里。

庭院的中央散乱地放有十来根晾衣竿。竹竿本是早些日子悬在房子西侧的屋檐下的。一定是什么人把它们给抱到这儿来的。益之助觉得十分古怪。紧接着，他突然释怀地大笑起来，边笑边关上挡雨板，返回房子里屋去了。

"出什么事了？"

妻子问道。

"没什么，院子当中堆了些晾衣竿，估计是有人放到那儿去的。"

益之助满不在乎地笑着躺下身去。

"这可真奇怪。"妻子回应说。

"估计是貉之类的吧，过两天我可要给它们点苦头吃不可。"

第二天一早，妻子去厨房备餐，益之助像平时一样推开挡雨板，但是他脑海里还想着昨夜离奇出现在院中的晾衣竿，于是又朝庭院的方向看去，昨夜那些晾衣竿已全然不见踪影。

"哦？"益之助吃惊地瞪圆了眼睛，缓过神来后，又不禁嘲笑起自己的敏感。

推开挡雨板后，益之助走下玄关绕到房子西侧。那里种有几株桃树和柿子树，初升的朝阳将光映照在那几株树的嫩叶上。益之助往房檐下一瞧，晾衣竿还和往日一样悬挂在那里呢。益之助又笑自己多心了。

夫妇两人用餐时，妻子又提起了晾衣竿的事。因为她心里一直惦记着这件怪事，清晨打井水的时候，也朝房子西侧的檐下张望个不停。

"院子里又堆着晾衣竿吗？"

"没有没有，当然没有了。"

益之助回答着妻子的问话，又开怀大笑起来。早饭过后，益之助一如往常去藩厅工作，一直到日落时才回家。

"家里没出什么怪事吧？"益之助回家后向妻子询问道。

这家里并没有发生什么怪事。那一日傍晚下过雨后，整个房屋都闷热起来，在两人就寝时，妻子再一次提起晾衣竿。

"都说了没什么，不过是貉之类的畜生在捣鬼罢了。"

益之助显然已经不想在这个问题上多费心神，非常敷衍地回答了妻子的问话。就在这当口，"咣当"一声，院子里传来了和前夜一模一样的声音。益之助睁开了惺忪的睡眼。

"这动静和之前一样啊！"他这么嘀咕着，再次竖起耳朵想听个仔细，结果院中却归于沉寂。

妻子焦急地问："难道又是晾衣竿？"

"有可能，莫非谁又来捣鬼了？"

益之助缓缓起身，他走下檐廊，一把推开了挡雨板。月光像是被雨水打湿了一般，在雾气蒙蒙中发出幽暗的光，那光再一次映照着庭院中央，只见那儿又堆了二十多根竹竿。

益之助觉得实在难以捉摸，不置可否地笑了起来。

隔日清晨，益之助起床后，推开挡雨板又一次向庭院看去。果不其然，夜里的竹竿消失得一干二净。就在那天晚上，院子里再一次离奇地出现了一堆竹竿。

到了第四夜。夫妇两人躺在床上，再一次等待院里发出相同的声响，可这次他们左等右等却都没能听见一丝动静。

"今天晚上不来捣乱了？"

益之助满腹疑问地自言自语，过了好几个小时后沉沉睡去。他的妻子也困倦了，陷入半睡半醒的状态中。这时，不知从何处传来一个女子的说话声。

"喂，喂……喂。"

益之助的妻子听到这声音，感觉像是一个年轻女子急促地喘息着发出的动静。这声音像是从玄关那里传来的，又像是从外面的小院子里传来的。

这时，妻子心底升起对丈夫益之助的不信任感。她回想起，丈夫有时候会说自己去藩厅上班了，可往往到了深夜才一身酒气醉醺醺地回家来；有时，丈夫又像是在外面遇到了什么有趣的事情似的，语气轻佻地说着话走进屋里来。莫非他背着自己在外面拈花惹草了？莫非他时不时地去别的女人那里厮混，而那女人也会趁自己这正房太太睡着后跑来庭院里与他幽会？

益之助的妻子一时间脑海里被这些想法给填满了。莫非这竹竿声是两人干些见不得人的勾当时的暗号不成？

"喂……喂，喂……喂？"

单听这声音，妻子的脑海里似乎都已呈现出那说话女子的温润双唇。

这时，益之助的妻子已经认准丈夫在外有了别的女人。她蹑手蹑脚地起了床，穿过盥洗室的檐廊，推开了挡雨板。

狭窄的小院子笼罩在月光之下，院中有瑟瑟寒风吹过。妻子光着脚穿过房子东边走到外院，小心翼翼地向檐下瞥去。那里一个人影都没有。于是，她又横穿过小院子，将视线望向竹篱笆那边。

猛然间，视野中出现了一个身形过于瘦削、皮肤白皙的陌生女子，那女子紧紧贴着挡雨板站在那里。

"这一定就是丈夫背着我找的女人。"此时的妻子已经被嫉妒冲昏了头脑，她怒气冲冲地一把拉开小门。

那陌生女子听到声音，受到了惊吓似的慌忙离开挡雨板。只有精致红腰带的一角从益之助的妻子眼前闪过。

"你是谁？"

妻子目不斜视地看着眼前这可憎的女子问道。这女子双瞳犹如水波在荡漾，惹人生怜。只听她用颤抖的声音回答说：

"小女子，小女子……"

"你是何许人？找我们夫妇二人有何贵干？"

益之助的妻子心想眼前这女人实在是厚颜无耻，一定要羞辱她一番。

"可否让小女子见一见益之助大人？"

那女子怯生生地说道。

"我丈夫不在，你有什么事，说与我听便是了。"

"本想见大人一面，既然大人不在，那小女子改日再来叨扰。"

"你找我丈夫有什么事？再者，你究竟是谁？"

"小女子是，是……请容我见到大人后再行禀告。"

"好啊，这深更半夜的，你一个年轻姑娘家，竟然……公然跑到这里来，恐怕有失体统吧。"

益之助的妻子轻蔑地笑着说道。

"小女子一定要见到益之助大人，只因我有事相求于他。今日小女子就先告辞了。"

妻子鄙夷地睥睨那女子的面孔。那女子口中又呢喃了些什么，接着便低下头朝门口走去了，陌生女子的身影渐渐消失在房子左侧的树林中。

益之助的妻子觉得那女子十分可疑，但是见她已经离开，一时放下心来转身回屋去了。

而益之助还沉浸在梦乡中。妻子认为益之助的秘密被自己识破了，此刻不过是在假寐罢了，嘴角浮起一抹冷笑，注视着枕边丈夫的脸。但是睡梦中的益之助对发生的一切一无所知，还和此前一样呼吸沉稳。

到了第二天一早，妻子心想不知道益之助会摆出何种姿态面对自己，于是便时不时地用意味深长的眼神望着他，然而益之助看起来却和什么都没发生似的，并没有流露出不自然的表情。

妻子刻意问道："你昨晚睡得好吗？"

听到这话，益之助的态度和平时一样，非常平静地回答了妻子的问话，津津有味地吃着早餐。

妻子又说："昨晚没有出现晾衣竿倒地的声音啊。"

"兴许是昨晚没有貉出来捣乱吧。"

益之助同往常一样出门去了，可是妻子心头的疑云却还未散开。

那一夜，两个人都闭口不谈晾衣竿的事。

到了休息的时间，益之助立刻酣睡起来，可妻子却受嫉妒心的驱使，想去看看那奇怪的女子今夜是否还会登门，她望着丈夫的眼神凛然如冰。

那晚院里有微风拂过，可以清楚地听到院里的树枝随风摇曳而发出的声音。

"喂，喂，喂……"

玄关处又传来了昨夜那个奇怪女人的呼唤声。

妻子气愤不已地心想，这女人竟然又来了，接着，她轻轻离开房间，从昨夜相同的地方走出，沿着竹篱笆看去。

果然，在昏暗处站着的正是之前那女人。益之助的妻子推开小门朝那儿走去。

"你怎么又恬不知耻地半夜跑来我们家？"

陌生女人低头不语。

"让你失望了，今天我丈夫也没在家。"

那女人低声说了句什么，正在气头上的妻子并没有听到。

"我丈夫啊，每天晚上这个时候都不在家，就算你再来也没用，你见不到他的。"

陌生的女子闻言把头低得更沉了，嘴里不知说着些什么，朝大门那里走去，又像之前那一夜一样，身影消失在门前那片树林中。

这时有夜风吹过，两三片树叶在皎洁的月光下熠熠发光。

益之助的妻子再一次小心谨慎地走回卧室。此时的益之助好像梦见了什么似的，嘴里小声嘟囔着些什么。

"喂，喂，你是在做梦吗？"

妻子这么问着，只见酣睡着的益之助翻了个身，但什么也没有回答。

到了第三次，妻子听到女子的呼唤后又一次走到屋外。一弯残月照得院中白兮兮的。那奇怪的女子倚身在挡雨板处。

益之助的妻子有些发怒，对那女人说："你怎么没完了？我昨夜已经告诉过你了，每天这个时候益之助大人都不在，你还跑到这里来，太不知羞耻了！"

语罢，那女人抬起头来看着益之助的妻子，眼里还泛着点点泪光。

"小女本是小谷的女儿。我们家有一把世代相传的短刀，父亲去世，家境没落时，那把短刀被充公了。希望益之助大人能够将那把短刀拿出来，为我们做一场祭祀的法事，如若不这么做，我们一家人都死不瞑目啊。"

益之助的妻子听了这话吓得浑身战栗不已。

"如果您丈夫不把那把短刀拿出来为我们祭祀，那么我就只好自己去取那把刀了！"

妻子突然眼前一黑，"啊"的一声尖叫后便晕厥过去。益之助的妻子竟是仰面倒在了睡床上，益之助从梦中惊醒过来，见状慌忙抱起妻子。

"怎么了？发生什么事了？"

妻子浑身发抖，想要挣脱丈夫的怀抱。益之助紧紧抱着妻子，不让她挣扎。他再一次问道："怎么了？怎么了？做噩梦了吗？你是做噩梦了吗？"

过了一会儿，妻子终于恢复正常，惊慌失措地看着自己丈夫的脸。

第二日，妻子起床后，发现自己的枕边有一把白木刀鞘的短刀。夫妇二人毫不犹豫地把那短刀放在小松家的佛坛上供了起来。

那天早上，看管宝库的门卫来到藩厅值班处汇报情况。

据门卫说，昨天夜里有贼人闯进了宝库里，盗走了小谷的遗物——一把短刀——后逃窜了，从背影看，那贼人像极了小松益之助大人。

因此，正当益之助在家吃着早饭时，家里突然来了一群差役。

益之助未能说清楚如今置于自己家中的那把短刀的来历，所以被定了罪。

益之助悲愤之下将自己的妻子杀死，随后便自杀了。

焦土怪谈

一九三四年三月二十一日的函馆火灾异常惨烈，大火从下午六点一直燃烧到第二天早上的七点，烧毁房屋两万四千栋，烧死烧伤三千多人。

市民们在大火中四处奔逃，想要找到安全的地方躲起来，但当时刮着时速高达三十千米的狂风，在猛烈的大火面前人们无处可逃。

陆续有人从山上下来，到海边来避难，但这里依旧有烈火在等待着他们。烧死的、跳进海里淹死的人不计其数，惨状令人目不忍睹。

当时火势最强的地方是位于函馆市东南的大森滨，因此那里至今仍然流传着许多凄惨的传说。当然，也有不少魑魅魍魉的怪谈。

深夜的海岸上，不时响起一阵阵的哭声。蓝汪汪的鬼火在四处飘荡，突然全都快速地向城市方向飞去，撞碎在烧焦的树枝和电线杆上。

一个警官在独自巡逻，突然闯出来一个披头散发的女人。她背着一个刚出生不久的婴儿，两只手各牵着一个孩子。黯淡的星光照在女人苍白的脸上，她使劲拽着孩子的手，嘴里安慰着："哦，很烫吗？很烫吗？"

她跑了起来……

"很烫吗？马上就到啦，马上就不烫啦！"

这时她背上的婴儿哇哇大哭起来，女人一边"哦，哦，哦"地哄着他，一边发了疯一样喊叫着向前跑。

"很烫啊？哦！哦！再忍忍就好啦！"女人直直地冲进海里，瞬间消失了踪迹。

这个故事也和函馆的大火有关。

一名司机驾驶着汽车行驶在深夜的海边。根崎海岸边的公路相当宽阔，路上也没有什么障碍物，司机的心情不错，渐渐加快了速度。

突然，车前方蹿出一个黑影。司机吃了一惊，下意识地踩了刹车，车子在离黑影不过几米的地方停住。

借助前照灯的灯光，司机看清了原来是一个披着毛毯的年轻女子。女子似乎在被人追赶，显得非常慌乱。

"救命！"女子脸色苍白，头发散乱。

司机还没来得及回答，女子又叫道："救命啊！"看到这情形，司机不能再坐视不理，赶紧打开车门。

"发生什么事了？发生什么事了？"司机向女子跑过去。

他想拉女人上车，摆脱追赶她的恶人。

眼看要追上她了，司机怒吼："快上车！"

刚想抓住她，女子忽然化作一阵青烟向海面飘去，不一会儿就消失在了幽暗的大海里。

鬼灯

收录于作者一九二五年出版的系列怪谈作品。

原稿现存于日本中部福井中古书店，
于首版五十六年后由"悉桑派"
译者探访获得。

提灯

到八月中旬，回老家的死党们都早早地回来了。有钱的朋友们去游山玩水，而留在东京的八成都是些穷鬼和窝囊废。这些人，不是每天缠着附近酒吧里的女酒保鬼混，就是像我们一样每天喝得酩酊大醉，在街上乱逛。

有一晚，我照例和一个朋友在本乡三丁目的酒吧里喝酒，我们二人还各自叫了一个朋友。于是四个人一起大喝了起来。

"我说，咱们要不出去旅行吧？"

只是随口一问，但在场的都是些想一出是一出的人，竟然都说同意。最后一行人出发乘上电车前往了东京站。

这其中有件事不得不提。是当时和我们一起的，一个名叫山本的男子在喝酒时讲述的一件怪事。

山本当时住在巢鸭，从他租住的地方到电车车站的路途中，有一条街道。这条街道一边是寺庙的外墙，另一边也是长长的围墙，整条街显得幽深僻静。

寺庙外墙处亮着一个电灯，圆形斗笠一样的灯罩被铁丝制成的网包着，整体看着像石头一样结实。电灯旁满是橡树一类的枝叶，每逢大风之夜，树叶摇晃，都会光影婆娑，显得颇为怪异。所以每次晚归经过这里时，诡异的灯光总是让山本心惊胆战。

但是不巧，前几天他和我们在酒吧鬼混到很晚才坐末班车回家。回家经过那条街时，因为介意那处瘆人的灯光，所以一路上他都盯着那个电灯。

当走到电灯正下方的时候，电灯那斗笠一样的灯罩突然在铁丝网中转动了起来，像地球仪一样。山本吓得够呛，呆立在原地仔细看，却发现灯罩已经不动了。山本觉得可能是自己看错了，应该是刚才吹起了一阵风，因为树叶被吹动所以看着像电灯动了一样。山本把注意力转向了树叶，可树叶一直静静的，一动也不动。

山本又觉得大概是自己心里太过害怕，所以产生了灯罩在转动的错觉，于是稍稍放松了一下，目光也从电灯上移开了。但是目光刚移开，灯罩又像地球仪一样转动了起来，山本吓得魂都丢了，一路狂奔回家。

他还说自己再也不想夜晚经过那条路，从那一日开始就移住到森川町的朋友家里了。

这个瘆人的小故事挑起了大家的兴趣，大家开始你一嘴我一嘴地说起了那些鬼怪奇谈，就这么开开心心地踏上了这场即兴之旅。

决定出发时是晚上九点，尚有去神户的火车，乘上火车到达神户时已是第二日晚上十一点。

从下车的地方到海岸有三里的距离，因为我们在一家叫石垣的旅馆有熟人，所以不用担心时间或者有无空房的问题，便利颇多。于是我们在停车场前喝了几瓶啤酒后就出发前往石垣旅馆。

这一晚云层很厚，夜空一片漆黑，虽然从海的方向稍稍吹来一丝微风，但这风温暾暾的，还不如没有。因为刚才酒喝得太多了，所以还没走两步就大汗淋漓，这让人很不舒服。当然不舒服也和我们走的这条尘土飞扬的路有关。

当我们终于走到一条河的堤岸边上时，大家显然都累了，甚至有人喊着："我们要不就在这儿睡吧！"

就算可以忍受得了河边冰冷的石头，在这儿休息也会被蚊子烦死，所以在这儿睡不可行。

"不行不行，在这儿待一个小时就能被蚊子咬死。接着走接着走。"

于是我们又出发了。前方有座小小的板桥，过了桥再往前走能看到山的那边是松树林，松树林右边则是种着水稻的田地。听着蛙声、虫鸣和海浪的声音交织在一起，整个人都安静了下来，汗也止住了。

刚才还你一嘴我一嘴谈天说地的一行人，现在都静了下来不再说话，整个队伍都默不作声。

"我说，咱们按顺序唱自己拿手的歌吧。"

虽然有人提出了这样的建议，但是我们几个谁都没开口。

所以一行人依旧寂静无声，各顾各地走着。这样一来，路途就更闷了，只能听到木屐踏在沙石上沙沙作响的声音。与此同时，我突然产生了一种微妙的感觉，感到有个看不见的东西跟在我们四个人身后。虽然我知道可能是因为我走在队伍最后所以心里发慌，但我还是心存不安。

这之后又走了半里左右，前方的松林枝杈斜逸，路的左侧有个沙堆。似乎开着些月见草和牵牛花，往那个方向走了几步后看到了那边有微红的火光。

"有火！"

"这附近应该有住家。"

"那不是个提灯吗？"

大家七嘴八舌地议论，再走近一点看，似乎确实是个提灯。并且提灯的人正朝他们走来。在夜深人静的野外看到提灯，还真是能让人感到舒心。大家都很好奇，猜测着提着灯的到底是谁，等待着那个人过来。

"现在这时候，拿着个提灯到底要去哪儿啊？"

"我猜是附近村里的人，在别人家里喝酒喝到晚上要回家了。"

"肯定是停车场附近的人，去海滨浴场那里为客人服务的。要是没有他们，客人就得自己到停车场那里办事了。"

大家纷纷发表自己的意见，刚刚还凝重的气氛一下子活跃了起来。这时那个提灯的人也走了过来，看起来似乎是学生装束。凑近一看，的确是学生，因为看起来他戴着和我们一样的角帽。

我正想着能在夜里遇见总是缘分，不管认不认识都该打个招呼，但随着对方一步一步走近，我发现灯光中竟然映出了熟悉的面孔。

"你是西森吗？"我试着提问。

"哦，是平山吧？"说着，对方看了一眼我的脸。

"都这个时候了你要往哪去啊？"我问道。

"我家就在这前面，正要回去。你们呢？往这个方向，一群人要往哪里去啊？"

西森说着话，还用一种充满怀念的眼神看着我和我身旁的一行人。

说起来其实我和西森在上高中时关系还可以，但是念了大学之后因为专业不同就不怎么联系了，充其量路上见到了会打个招呼，总的来说他是个不讨人厌的男孩。

听朋友说西森的家庭很复杂，虽然在农村但是家里很有钱。他的父亲是这里的地方官。他的叔叔是个很会做生意的人，在横滨从事钢铁生意赚了很多钱，一下子成了富豪。可他明明这么有钱，却还是在西森的祖父去世后，大家要分配遗产的时候把许多财产都据为己有。而西森的父亲仅仅得到了老宅子和一小笔钱。为此他父亲失落不已，最后郁郁而终。也因为这些事情，听说西森当时总是为了家里的事请假。

"我们在本乡喝酒，突发奇想要来旅行，就一路到这儿了。"

我刚说完，西森就微笑了。

"你还是和以前一样有精神嘛，不过往那边走应该还是挺费事的，拿着这个提灯吧。"说着西森递过了提灯。多一个提灯照明当然更好，我想都没想就接过来了。

"那给我吧。对了，用完之后要还到哪里去呢？"我这样问道。

"放在你们要住的地方就行了，我看你们好像是要往石垣去。"

"对，是石垣。"

"就放在石垣那儿吧，我先走了。"

说完，西森就直接迈开脚步走了。我也拿着提灯开始走，但走了几步之后不知是山本还是千叶突然用颇为微妙的语气提问，让人听了汗毛直立。

"喂！喂！是不是有点奇怪？"

"怎么了？"

"太奇怪了，西森不是前几个月就死了吗？"

随着这句带着颤抖的提问进入耳中，我的头脑中也突然想起了之前听到的那个传言：上上个月西森精神失常自杀了！

短暂的沉默过后，我们像事先商量好一样，同时大喊了一声"啊"，然后丢了魂似的跑了起来。

以上这些故事，全是一个来我家玩的学生给我讲述的。而那个学生，还在一直念叨着当时不扔下那个提灯就好了。

恶僧

很久以前，在朝鲜的王城以南的村子里，住着姓郑的老宰相。

老宰相的独子宣扬是个秀才。当宣扬长到十八岁时，他身居宰相的父亲从同为两班贵族[1]的家族中挑选了一名少女给自己的儿子指婚。

被老宰相选中的女子貌美如花，让宣扬一下子尝到了甜蜜的滋味。他对夫人十分疼爱，每天围在她身边寸步不离。但是根据当时朝鲜的习俗，两班贵族的子弟成婚后就要去山中寺庙里独居，这是为了科举考试清修学问。

宣扬虽然不舍，却也只能告别夫人一个人前往山寺修行。

宣扬一路奔波到达自己居住的寺院，刚卸下行李就听到远方大殿处传来的诵经声，耳边拂过松林间吹来的清风。

他想着身处此地定能助他心无旁骛地苦读诗书，但只要一读起书来，他的眼神虽然在书本上，但字里行间浮现出的全是夫人那美丽的面庞。

他实在太思念夫人了，但如果执意下山，一定会招致父母亲族们的阻挠。

1　古代朝鲜居于统治地位的官僚地主阶级。——译者注

所以虽然万分思念也只能退而求其次，委托一个年轻和尚帮他和夫人递送往来书信，每每收到回信，则屡屡诵读，聊以慰藉。

宣扬在晚春时节上山，转眼间就度过了夏季暑热到了秋季。

这时的宣扬对夫人朝思暮想，每每想起都夜不能寐。终于，按捺不住相思之情的宣扬以回家探望父母为由，择了个日子下山去了。

下山的路走到一半处，有一块巨大的岩石如屏风一般耸立在山间路上，宣扬看到岩石，顿感自己一路走来已有些疲惫，便在路边找了块石头坐下休息。

此时空中寥寥白云飘过，山间瑟瑟秋风吹来，引得树木沙沙作响。宣扬拿出手巾，边擦拭自己衣襟处浸出的汗水，边想着自己回到家中夫人会作何表情。

他越想越激动，仿佛眉目如画、朱唇皓齿的夫人已经近在眼前了。正做着美梦时，宣扬突然感到背后有动静，于是不经意地回头张望。刚一回头，就觉得眼前一黑，满脸鲜血地倒在了地上。

在失去意识前，他恍惚看到，一个年轻僧人拿着一根粗大的棒子……

一乘以黄金打造的轿子正在城中第四个十字路口处往南拐。轿子的后面还跟着一队随从的少女。

这是一个春日里风和日丽的傍晚，夕阳斜射，暖风融融。终日在慕华馆[1]张弓引箭意欲考取武状元的武秀才李张，此时正收拾行囊准备归家。

他在路上看到了这乘华丽的轿子，目光不由得被其吸引。

这时，突然刮起了一阵小小的旋风，卷得地上沙尘直冲轿夫头顶。这阵旋风当然也吹动了轿子上原本垂着的青色帘子，帘子如飞鸟般飘扬，露出了轿子内端坐着的夫人的美丽面孔。

李张从未见过如此貌美的女子，他被女子的容貌打动，感叹世间竟有人能得如此大幸，可以拥有这么美貌的夫人。

---

1 古代朝鲜迎接中国使者的场所，平时作为朝鲜王朝观射和阅武之地。——译者注

他愣了神，呆站在原地，直至轿子走远都没把目光移开。等回过神来，他已经不自觉地迈开脚步跟着轿子走了。

此时西边天空如饰金粉，红日渐隐。各家各户门口开满的李花失去了阳光的照映，显得发灰。华丽的轿子一路出了城门，进入了郊外一处大宅子中。

李张如梦初醒，猛地站在宅子门前，但又心有不甘，不想轻易回家，于是他开始在宅子附近张望。

经过一番摸索，终于发现小门侧面的外墙上有一处紧贴墙壁的土堆，李张步履蹒跚地沿着土堆往上爬，向院内张望。只见黄昏中的院落内四处闪烁着烛火。

站在土堆上只要跨一步便可进入院内，所以他就站在土堆上看着院内的动向。

四下一片昏暗，迎面吹来的风中夹杂着雨气。

李张趁人不注意进入了院落内，朝亮着烛火的东房去了。李张透过东房的窗户往里看，看到轿中的美人正坐在一个老太太前读一本好似故事的书。那个老太太看着似乎是个尼姑。

老太太专心地听，直到故事的那一章结束。

"你今天去祭拜应该累了吧？今天就这样吧，剩下的明日晚上再说。"

老太太抬起头如是说道。

"谢谢您关心……我明晚再来。"

夫人如花的面孔上浮现出迷人的微笑，然后举止端庄地朝老太太行了礼，离开了房间。

在暗处观察的李张不仅看到烛火照映下夫人那美丽的面庞，还看到了她翩翩的仪态，愈发地被她所吸引。

他思索了一下，觉得这个女子退下后应该会去西房，于是偷偷溜到了西房，从窗户往里窥探。只见刚从东房退下的夫人，此刻正风情万种地坐在地上，看起来像是仔细地听着什么声音的样子。

估计是夫人听到夫君从其他房间往回走的声音了吧，家中的夫人如此美貌，想必这位夫君也是个美男子。

李张想到这里，不禁心生妒意，感叹上天不公，然后便觉得自己一路尾行至别人宅邸实在是无礼，转身便要离开。但还没等迈开脚步，就听到远处的院落传来了脚步声。

一定是自己夜闯他人宅邸被发现，户主带人来捉捕自己了。李张一边这样想，一边小心翼翼地离开窗户，躲进了旁边的竹丛中，同时紧盯着外面的动向。

那个不知是谁的身影走到门口，咚咚咚地敲起了门，看来不是冲着自己来的。李张安下心来，继续留意着外头的动向。

门开了，门外的身影进到了屋中。莫不是有贼人趁着这家夫君不在偷偷潜入？他从竹丛中出来，再次跑到窗户旁窥探。

李张透过窗户，竟看到夫人和一个年轻的和尚牵起了手，他瞪大了双眼，不敢相信眼前的一切。对这夫人的美貌的仰慕荡然无存，现在他只觉得作呕。

夫人从一旁的架子上取下一个小壶，往两个杯子里倒了不知是什么的液体，一杯给了和尚，自己则喝下另一杯。李张看到这丑恶的一幕，怒火已在眼中燃烧。

二人喝完了壶中的液体，夫人妩媚地依偎在和尚身旁，二人低声细语，不知说着什么。和尚的做派看上去比夫人更加不知廉耻。

李张盯着这一切，恨不得冲上前去打死和尚。

和尚横抱起夫人，准备进入里屋。夫人横卧在和尚怀中，双手环住和尚的脖子，精致的面孔上一抹红唇显得更为娇艳。李张在暗处张开了弓，从腰间的箭筒里拔出一支箭来。

和尚抱着夫人，一个劲地低头，想让夫人的红唇吻到自己的脸上。

这时，李张放了箭，箭矢脱弓而出，从前额到脑后射穿了和尚的脑袋。夫人从和尚怀中掉了下来躺倒在地上，浑身是血的和尚则重重地压在了她的身上。

李张看着这一切，身影隐没在黑夜之中。

这一夜，李张回到了家中，准备休息，枕边却突然来了一个身着蓝衣的小生，看着像个秀才。

李张记得睡前已经紧闭了门窗，所以觉得此人能进来实在是可疑。正疑惑着，那个小生突然毕恭毕敬地作起了揖。

"来者何人？"

李张试着发问。

"小生本住南村，名叫宣扬，是郑宰相的独子。今日大人您替我报了仇，小生特来谢恩。"

秀才有气无力地说完，听得李张一头雾水，他实在想不通自己替人报了什么仇。他没说话，看着秀才苍白的脸。

"实在唐突，寥寥几语未能让大人明白。我于三年前娶妻，之后照例前往山寺清修学问，定期委托寺中一僧人与家中往来联络。谁知那僧人竟暗中与我夫人私通。二人密谋在我下山回家的路上杀害我。那和尚竟在我行至半路时从背后偷袭打死了我，还把我的尸身藏到了山中的洞窟里，对外谎称我为虎所食。而后还私下与我夫人暗通款曲直至今日。今晚大人一箭替我报仇雪恨，解了我的怨气。但家中父母对此一无所知。在下惶恐，可否请大人面见家父，安葬小生的尸身，再告知家父荡妇苟且之事。小生的尸身被那和尚扔到了山路半程处，那里有一块耸立的巨岩，一见即可明白。要让荡妇认罪，须得有那和尚的尸身，和尚的尸身就藏在地板下，以被褥包裹，还望您能一并成全。"

李张正想着该如何回应，却突然醒来。原来刚才做了个奇怪的梦。

第二日一早，李张直接去了那个昨夜还不知是何人宅邸的郑宰相府。

"我知道你家公子的尸身在哪里，麻烦通传你家大人。"

门口的侍从一番通传后，李张进到了府中，在大厅稍事休息。片刻过后，白发苍苍、身材瘦削的老宰相出来了。

"就是你说知道我家孩儿的尸身在何处吗？"

"是的。"

"那你应该也知道我家孩儿是被虎所食，没留下尸身吧？"

"这就说来话长了，总之我是见过您儿子的尸身才来告知的。"

"这样啊，那么尸身在何处呢？"

"在去往山寺的路上，中途有个洞窟，尸身就在那里。"

老宰相听完后，随即备好马匹，带着李张和几个随从前往山寺。

一行人很快就乘马到了山麓，因为马不能爬山，老宰相和李张都下了马，改为步行。山路蜿蜒险峻，零星可见早开的樱花。

大约走了十丁的距离，便看到一块巨石如屏风般耸立路中。走在最前面的李张认定此处就是秀才托梦说的地方。但是放眼看去，并未见有洞窟的样子。李张自顾自地嘀咕着："应该是这里吧……"

此时老宰相也气喘吁吁地赶了上来，不知说着什么，想必是在询问。

正在李张为难时，一只蓝色的鸟落在岩石左侧的尖角上，"咕咕咕"地叫了起来，声音非常清透。这吸引了李张的注意力，蓝色的鸟继续咕咕鸣叫。

李张想起秀才说过：只要到了那处耸立的巨石处，便可明白。蓝鸟一边鸣叫着，一边一步一步向右侧跳跃了起来。李张也跟着往右走。

蓝色的鸟虽然往一个方向移动，但始终没离开尖顶，直到岩石的另一侧开始变低，它跳进了其下一块方形突起处的荆棘丛中，不见了踪影。李张仔细端详着，果不其然，在这块岩石的背面，看到了一个深陷地底的洞窟，好似凭空被人剜去一块。

李张二话不说进入了洞窟。洞窟有一人高，略微倾斜，沿着隧道往里走了几步便豁然开朗，内有一个三榻大小的石室，石室的阴暗角落里横躺着一具已化为枯骨的尸骸。不过李张胆量过人，并不惧怕，直接凑上前去查看。

在外等待的老宰相和随从们都候在洞口等着李张。这时，只见李张抱着一具被残破衣物包裹着的白骨走了出来。

"是我家孩儿啊！是孩儿的衣服啊！"

老宰相泣不成声，赶忙上前欲接过骸骨。

"宰相大人，您儿子还没有个像样的葬礼，还是送往附近的寺庙好好操办吧。另外，我还有一事想和大人禀告。"

李张抱着白骨说道。

"你可真是个活神仙啊！你是怎么知道我家孩儿在这儿的啊？"

老宰相此时已是泪眼婆娑。

"昨夜，您儿子给我托了梦，我才知道的。"

"啊？我儿子他……"

"是的，您儿子梦中显形，除了他的尸身，他还告诉我别的事了。"

"那，我家孩儿真的是被老虎所害吗？"

"不是恶虎，而是恶人。是恶人害了您家儿子。"

老宰相听罢，又号啕大哭起来。

老宰相回府后，气势汹汹地直往那间曾经住着自己孩儿，现在住着他儿媳妇的西房去。

儿媳妇一看到自己的公公，立刻露出一副恭维的表情。

"今早喜鹊刚叫，您老就来了。"

"是吗？喜鹊还叫了？"老宰相一脸严肃，瞪着自己儿媳的眼睛看。

然后他又突然变得柔和起来，说道："二十多年前，因为惧怕盗贼，我在此处的地板下藏了一块美玉，我想着今天找出来赠予你。"

"哦哦……玉……要把埋藏的玉送给我，谢谢您，父亲大人。但是这哪能劳您亲自动手，让下人去做吧。"

"不，如此重要的东西可不能出错，让老朽来吧！"

"但是，您这样可是让儿媳背负不恭不敬的骂名了。"儿媳笑着说道。

"这有什么，只要把地板掀起来就好。"

"但是，"儿媳好似突然想起什么，脸色明显变得慌张了起来，"父亲大人，掀起地板可能会费点功夫……"

"为什么这么说？"

"……我平时喜欢往里塞一些杂物，把杂物都清走可能得一会儿，您先去母亲大人的房间里等待片刻，马上就好。"

"这算什么，没事！你快让开！"

"但是……"儿媳的声音已经在颤抖了。

老宰相不管了，直接绕过挡路的儿媳冲进了房间内。

夫人这时一脸苍白站在原地不动，又突然转身跑向入口处的大门，但李张早就等候在此，他一把拦住了意欲逃走的夫人。

老宰相看到自己的儿媳被擒了回来，便当场打开了地板。地板下正是被被褥包裹着的恶僧尸骸，被褥上还依稀可见斑斑血迹。

老宰相遣人叫来了儿媳的父亲和兄弟，要他们好好盘问儿媳。

儿媳眼见藏不住自己的罪状，便一五一十地全招了。

夫人出身两班贵族。身为世家，他父亲哪能容得下这样为人不齿之事在自己家发生，于是他一把抽出腰间的刀，割断了自己女儿的喉咙。

这一夜，宣扬再次现身李张的梦境。

"我近期要去谒圣[1]了，所以可助力一二。虽然你心向武状元，但小生劝你还是考文状元为好，我可以告诉你本次科举的试题。"

说完，宣扬朗读起了文章。

李张不敢怠慢，记下了这篇文章。宣扬读完一遍后，又重复了第二遍，第三遍。

"记住了吗？"

"记住了。"

1　拜谒孔子。——译者注

"只要能记住这些，一定会高中状元的。"

　　李张靠着宣扬托梦，真的高中状元，当上了文官。而后又在郑宰相的举荐下，青云直上，飞黄腾达。

貉精

这是幕府末期的故事。

夜已经深了，有位商人还独自行走在赤坂的纪伊国坂。

坡道的左边纪州藩主宅邸的石墙耸然而立，右边是一条深深的壕沟。壕沟对面是彦根藩主宅邸里黝黑森然的树丛。

深夜里没有一点声音，连月光照在地上的影子也仿佛要跃起噬人一般恐怖。商人步履匆忙，想尽快穿过坡道，然而他突然察觉到有个人正蹲在壕沟旁的柳树下。

似乎是个女子，正衣袖掩面悄然而泣。商人以为女子要投河，便轻手轻脚地靠近，生怕惊动了她。

到了近旁，商人问道："这位小姐，发生什么事了？你千万不要想不开啊。"女子没有抬头，仍然垂着头不停哭泣。商人走到她身边，弯腰劝说："请问到底发生了什么事？如果您有什么烦恼，我很乐意帮忙，说来听听吧。"

女子把头埋得更深了，依旧哭个不停。商人不由得有些焦躁，试着用手去扳女子的肩膀："小姐，到底发生什么事了？夜已经这么深了，我在问你呢，说来听听总无妨吧。"

突然，女子把脸扬了起来。脸上空无一物，没有眼睛，没有鼻子，没有嘴巴，什么都没有。

"哇啊！"商人惊慌大叫，拼命沿着坡道向上跑。不知过了多久，终于看到了坡道的尽头。远处有灯光亮起，是一个挂着灯笼卖小荞面的小摊子。商人气喘吁吁地直奔小摊冲了过去。"不好了，不好了！"他已经语不成声。

"咋了啊？"汤锅里热气蒸腾，对面的老摊主问得心不在焉。

"我……我碰到……"

"碰到什么了？劫道的？这年月，碰到劫道的可也不是什么稀罕事。"

"说什么呢?！我会怕劫道的吗？我碰到妖怪了！它的脸太可怕了！"

"哦？可怕？怎么个可怕法？"

"这个……跟你一句两句话说不清楚啊！"

"是不是这样的啊？"老摊主啪地拍了一下自己的额头，从热气后面探出了头，露出一张没有眼睛、鼻子，什么都没有的脸。

商人瞬间昏了过去。

据说当时纪伊国坂一带有许多貉精，经常在晚上出来吓唬路人。

妖人省

（捌）

妖人省

收录于作者一九二七年出版的系列怪谈作品。

原稿现存于日本关东栃木中古书店，
于首版五十七年后由"恶桑派"
译者探访获得。

黑色蝴蝶

一

一边沿着坡道向下走，义直一边想着叔叔会是什么反应。和女人在一块的时候在想，乘电车的时候也在想。只不过那时是害怕，叔叔知道自己这么晚才回来必定会大发雷霆，而现在满脑子都是他来到家里正怒气冲冲地等着自己的景象。

这下惨了，义直觉得头都大了。

找个什么借口呢？"我去过了，不过和尚不在，所以我决定明天一早再过去。"这么说似乎也没什么用。

义直忽然停下脚步，他有种前面已经没路可走的感觉。

"到底该如何是好啊？"坡道幽长，四周没有一点声息，义直一个人站在中间。

无意间他向对面的山崖顶上瞥了一眼。一排黑魆魆的屋脊上立着一座突兀的建筑，建筑顶端的天空中缀着三颗星星。那是一座塔，塔的样子很怪，仿佛石灯笼的上面顶着一座小庙。

义直盯了它好一会儿，好像看见了什么不得了的东西。其实塔是一位退休的法官建的，这两三年里义直早就看惯了。

"山谷里的怪塔。"义直嘀咕了一句。

耀眼的蓝光从塔里射出，像一条长蛇爬向远方。

义直记得，塔的四面各有一个小窗，有时窗里会有灯光，但今晚的光尤其亮，如同有人在塔里放了个探照灯似的。这光亮照得义直看不见其他东西，倒是塔的轮廓还能模模糊糊地显现出来。

"是我眼睛出问题了吗？今晚的灯怎么这么刺眼？"看到灯，义直又想到了时间的问题。

"差不多十点了吧？"义直觉得差不多该回家了，便这么问女人。女人把两人喝过的酒杯放进盆子里撤了出去，回来时脸上堆着笑说道："已经十点过十分啦。再多待一会儿吧，到十一点怎么样？"

早上没来得及去郊外的寺院，义直到下午两点多才出门，谁想到在换乘电车的时候碰见了女人，没奈何便跟着她走了。他心里很清楚，养父的周年祭马上就到，自己怎么也得去寺院一趟，无奈却被女人拖到了傍晚，傍晚又变成了晚上十点，最后十点又过了十分钟。

"不回去不行了。我叔叔很烦的，这会儿肯定已经打发女佣去我家好几次了。"话虽是这样说，但拉拉扯扯之间不觉又过了五分钟。从这儿坐电车回家需要三十分钟，那时都已经十一点了。

义直心里清楚，即使叔叔不亲自去家里等自己，也会让女佣去传话，催自己回来以后去他家一趟。

想到这里，义直眼前浮现出叔叔那张老脸。他的脸蜡黄蜡黄的，像皱巴巴的草纸一样，脸上永远是一副让人捉摸不透的神情，好像在算计着什么。

义直甩甩头，没能把这张脸甩走，乳母以前说过的话却在耳边响起："那位老爷可不是好相与的，听说好多人因为他家破人亡呢。再说了，他和少爷您也不算真正的叔侄吧。"

信平是父亲的堂弟，只身一人来到东京后辗转了许多地方，后来到放高利贷的藤村家工作，成了那里的大掌柜。不久以后老板去世，家里人不做生意了，给了他一笔遣散费。恰巧老板的侄女是个寡妇，信平便娶了她，也算成了家。

当时义直还小，曾听父亲和别人议论过这件事。

"那可是信平，谁知道他在那家都干了什么。老板死之前，他肯定已经私吞了不少钱了。"

"说是遣散费，数目也太大了点，还不是自己吞的钱。这家伙，从小就难缠得很。"

所以信平很明白乳母想告诉自己些什么："这个世道，亲父子、亲兄弟都要防着些。您可千万不能因为是亲戚就任别人摆弄。"

"咱家老爷变成那样也是有原因的，很可怕的原因。"当时养父已经疯了，被关在耳房里。

"老爷的父亲也是个疯子，所以大家都说这是血统的原因。我是知道的，根本没这回事！老爷是我从小带大的，他又聪明，又稳重，哪有什么疯子的血统！"

宫原家和藤村家算得上远亲，所以在宫原家只剩年幼的家主一人之后，就由信平做了宫原家家主的监护人。后来信平还把自己的亲侄女带了来，和家主结了婚。没想到信平的侄女莫名其妙地离家出走，音讯全无，最后宫原家家主也跟着疯了。

"就算是有血统作怪，但也没有人会无缘无故发疯。老爷变成疯子是有缘故的。他那么爱夫人，却碰到了这种事，任谁都会疯掉。大家有的说她被坏人掳走了，有的又说是投河了，也报了警，也派人出去找过，但又有什么用呢？有人通报说发现了投河的女子，还有一次在永代桥下发现了死人，大家都赶过去看。夫人才不会做那种傻事！警察说的话我一点都不信！"

义直觉得有一只黑色的大手摁住了自己的头顶，那感觉让自己窒息。这时他想起了发疯以后的养父说的话。

那天，白色的阳光照进院子，一些细小的花瓣不知从哪里来，蝴蝶一般翩翩飞舞。义直来到耳房，右手拿着笤帚和掸子，脚上穿着木屐。空中的花瓣掠过脸颊，痒痒的。

耳房没有装纸拉门，取而代之的是推开的格子门。义直走上檐廊，态度恭谨，拜神也不过如此了。

他透过格子的缝隙向里面偷瞄了一眼。一个脸色蜡黄、两颊深陷的男子正抱着胳膊面朝门口坐着。这就是义直的养父宫原登。看见他，义直将手里的东西放在旁边，跪坐在檐廊上，两手挂地。

"我来打扫了。"成了这里的养子以后，打扫就成了义直每天的功课，养父的饮食起居则由乳母负责。

养父似乎在思考着什么，面庞扭曲，看都没看他一眼。义直只能把声音提高一点又说了一遍。

养父的眼睛动了一下，闪烁着怀疑的光："你是谁？"

"我是义直。"义直回答。

"义直是谁？"

"在这里受您关照的人。"

"谁受我关照了？"养父薄薄的下唇有些发紫，白色的唾沫沾在嘴角。

"我受您关照了。"

"我是谁？"

"我是义直。"

"你来这里做什么？你来这里有什么事？"养父的声音突然变得尖利。

"我来打扫卫生的。"

"撒谎！你骗不过我的！你是来杀我的吧？信平叫你来杀我的吧？"

根本没法和他正常沟通。义直只能一言不发。

"先杀我妻子，现在又想杀我，霸占我的财产。你这混蛋，我不会上当的！"养父突然跳起来，伸出右手向外乱抓，嘴里叫着，"你杀得了我？进来试试啊！我杀了你！"

有一天，小雨从早上开始便淅淅沥沥地下，空气凉飕飕的，让人神清气爽。养父也起身，在屋子里踱来踱去。

"我来打扫了。"

养父向义直的方向看了一眼，默默地走到房子右边的角落里站住了。

义直从袖子里掏出小小的钥匙，打开门锁，拿起身边的笤帚和掸子进了房间。进来后义直把门关紧，免得病人逃出去，然后拿起掸子清理格子门和门框。

"嘿，嘿……"听到养父叫自己，好像有什么事要说，义直停下手转过了头。养父伸着瘦骨嶙峋的右手正朝自己招手："你过来一下，过来一下。"

"是。"不知有什么事，义直走到了他旁边。

"我有件事要告诉你。一个大秘密，你绝不能告诉别人。"

"好的，我一定不向外说。"

"你保证哦，这可是个了不得的大秘密。"

"是。"

"你靠过来一点。"

虽然心里有点瘆得慌，但养父的话还是要听的，义直把脸凑到了养父的脸旁边。

"你知道我的妻子现在在哪儿吗？不知道吧。除了我，谁都不知道。你不能跟别人说哦，说了会出大乱子，警视总监都会被免职。明白了吗？"

"明白了。"

"这是个了不得的秘密，我只告诉你！我妻子就在这附近。她没死，也没被掳走，就在这附近。这座山谷里有栋叫红豆的房子，你们都看不见，只有我这双眼能看得清清楚楚。以前住在基督教堂里的神父把它封印了，让所有人都看不见它，我的妻子就在那里。"

"是。"

"那个混蛋，为了霸占我家的财产，就想让我发疯，派了个男人来诱惑我妻子。我妻子也是可怜。她偷偷做着对不起我的事，结果有天晚上去和男人幽会，路上不小心闯进了那栋房子，再也出不来了。那栋房子人能进得去，但进去以后就再也出不来了……"

这会儿义直的脑子里全是养父的胡言乱语，当时的情景都清楚地回忆了起来。他又想了想养父家的财产，地皮、公债、房子加起来值近十万。

叔叔肯定不会放过这么一大笔财产的。如果他真的看上了这些财产，会把自己怎么样呢？义直不敢再往下想了。

"晚上好啊。"一个脚踩竹皮屐的人从坡道下面迎面走来。义直吓了一跳，这声音很耳熟。擦身而过时，他看了看来人。这人穿着一身蓬松的棉质长衫，正是坡道下口右边的理发店的店主。

"啊，是老板啊。"

"今晚挺凉快的啊。您这是从哪儿回来？"

"啊，我去了趟中野。您这是散步去啊？"

"嗯，寻思着出来转一圈。"

"好的，那再见啦。"

二

义直走下坡道。

路左边的人家围着高高的木板墙，门灯还亮着。圆圆的灯罩旁边能看见绿色的枫叶。往前走了没多久，义直又想起叔叔的事情："他肯定去过我家了。就算自己不去，也会打发女佣去传话。"

义直抬头望天，好像要从笼罩在自己头顶上的阴影里找出些东西来。无意间他又向对面的崖顶看了一眼。一排宿舍的屋顶上，那塔向下沉了一些，只能看见小庙的部分了。然而塔的窗户里依旧向外放射着蓝色的光。

义直不禁奇怪："哎呀，又亮起来了。肯定是有人在窗户里面捣鬼呢。"

一只会飞的小动物乘着光突然出现在义直眼前，不停扇动着翅膀。它的翅膀很大，像是黑色的蝴蝶，又似乎是一只蝙蝠。

小镇地处山谷，蝴蝶并不罕见，但少有在晚上到处飞的，所以起初义直以为那是只蝙蝠。小动物飞到了左侧门灯的下方，在光影里飞来飞去，竟是一只硕大的蝴蝶。

义直接着想叔叔的事情。哪怕不亲自到自己家，他也会打发女佣来催自己回家以后赶紧去找他。看来回家以后不过去一趟是不行了。去的话，就说和尚没在寺里，自己明天早上还会再去。最好是叔叔没派人来找过自己，但保险起见还是得去寺里一趟，这样见了他自己也有的说。再者，不真正去一趟的话，也不好意思开口找他借钱应付后天的开销。

想到这儿，义直从心里给自己打气："没理由不借给我的吧？"

从春天开始，自己固定的那点生活费就不够花了。虽然十块二十块地陆陆续续向叔叔借了有一百五六十块，但后天的开销不是为了自己，而且大家都是亲戚，于情于理他都应该再借一些给自己。

"借两百块的话应该还能剩二三十块，给她买件和服吧。"

二楼的窗户外面是一个小公园。公园里绿树葱茏，树叶随着微风轻轻摆动。两人惬意地躺在床上说着话，女人的头就靠在义直的肩膀上。

"我们去个好点的地方住一晚吧？"女人猫一样的手在义直的胸口画圆。

"你有时间吗？"因为养父的周年祭还没办，所以最近都没能带她出去好好旅行一次。

"哪里好呢？要有绿树青山，有河，最好还有海。"女人兴味盎然。

"伊豆山的热海怎么样？那里还有温泉呢。"

"是吗？那就去那边吧。"

"你医院的工作怎么办？"

"没关系，这两个月我能休两周的假呢。"

"这样啊，那就是没问题了。"

"去吧……我们一起。"女人像在撒娇，又像恳求。

早上去晚上回的话应该没什么问题，但是住一晚就需要找点借口了。"养父的周年祭还没办，没法大张旗鼓地出去。我想想办法吧，安排出时间陪你去。"

"但是，这样不太好吧。等周年祭办完我们再去吧。我也不是那么想去。"女人总是柔柔弱弱的，像树荫下悄悄开着的小花。大多数时候，她都不会坚持要求义直去做什么事情。这样的女人似乎有些不够刺激，但是也很可爱。

"找个借口，去也可以的。"

"那样不好。还是周年祭过后再带我去吧，我下个月工作也不忙的。"

"好吧，那就定在下个月。先买点礼物送给你吧。想要什么？"这么通情达理的女人，不买点什么都觉得对不起她。

"嗯……我想买一件替换的和服……"

"和服啊！买给你。"话虽然说得很满，但单靠自己这五块钱的生活费无论如何都是不够的。义直盘算着到月底应该能弄到十块或是二十块，而且养父的周年祭马上就到了，到时还能再省出二三十块。

"等到二十一二号吧，到时买给你。"二十号是周年祭。

"那可太好了。只是你也别太为难自己了呀。"

"没事的，虽说被叔叔管着，花钱不能大手大脚，但这点东西还是买得起的。"

"恐怕到结婚之前都会一直被叔叔管着吧？话说你准备什么时候结婚啊？"

女人给了义直一个笑脸，只是右边的眼角红红的……

右耳边有蚊子在嗡嗡地叫，义直挥了挥手把它赶走。坡道走到了尽头，该顺着理发店右拐了。

义直向理发店看了一眼。玻璃门内挂着白色的帘子，昏暗的灯光从后面透出来，被四周漆黑的黑暗紧紧围住。房子两边排水沟里的水在哗哗作响。

这条路上每到大雨时都会积水。两边的人家有的门口紧靠街道，有的深深地缩在里面。门灯还三三两两地亮着，像满嘴牙缺了几颗似的。人们大都已经睡了，各家都没什么声息，只有义直家隔壁的冰屋还把灯全开着，继续营业。

"问一问冰店老板应该就知道叔叔来过没有了。"义直下意识地笑了一下，冰店的老板娘和她女儿快成自己的间谍了。他加紧朝前走过去。

店里传来年轻男子的笑声，应该是来吃冰的学生，声音明亮清澈。来到店门口，透过白色的帘子能够看到红色、黄色等各色水果。笑声停止，学生们在高声聊天。

"啊呀，是您啊！晚上好。您刚回来吗？"入口的帘子下面站着一个脸蛋修长的女子，是冰店老板娘的女儿。

"两点多钟的时候去了趟中野，回来的时候又顺便去了别的地方，所以回来晚了。"义直停下了脚步。

"啊呀，去中野啊？那可够累的。今天外面挺热的吧？"

"可不是吗，不过今晚倒是挺凉快的。"

这时店里有个老女人问是谁来了，女儿回头高声回答："是宫原家的少爷。"然后回头又看义直，接着说："是呢，今天还挺凉快的。啊，您进来坐一会儿吧。"

"谢啦……今天傍晚我叔叔来过没？"

"山本老爷吗？没见他来过呢。"女儿又把脸转向店里，"妈妈，今天山本老爷去过宫原先生家没有？"

里面传来老太太嘶哑的声音："……山本老爷啊，没看到啊。不过他家女佣可能来过，从这条路回去的时候我看到了。"

163

"哦，我知道啦。"女儿转过头看义直，"就看到他家女佣来过。"

果然派女佣来找过我，义直一边想着，一边回答："这样啊。后天就是养父的周年祭了，所以我去了趟中野的寺院。"

"啊呀，已经一年啦。时间过得真快呢。"

"是啊。今天我去寺院，傍晚才往回走，路上又去了其他的地方，所以担心叔叔会不会等得着急，过来找我。看来他自己没来，让女佣过来了。"义直心里越发肯定，女佣来肯定是催自己回来以后赶紧去叔叔家的，他决定赶紧回家。这时，老板娘的女儿突然大声惊叫："蝴蝶！好大的蝴蝶！"吓得浑身都抖了。

一个男孩子笑着说："什么啊，蝴蝶有什么好怕的。"

"全身漆黑的蝴蝶可不多见啊，那个老师不是什么都懂吗？拿给他看看吧。"另一个男孩接了一句。

"怪瘆人的。杉浦先生，快想想办法啊。啊？它还绕着灯飞来飞去，想干什么啊?!"老板娘的女儿声音里充满了嫌恶。义直忽然想起，刚才自己也看到一只蝴蝶，赶忙插了一句："别打死，它身上的粉会到处飞，活着赶出去就行了。"

老板娘赶了过来，拿手一个劲地往外扇，嘴里还念叨着："可恶，还不出去！走走走！"

"啊呀，它不见了！去哪里了？真奇怪！"

乳母将午饭装进饭盒，沿着走廊走了出去。义直赶忙让隔壁过来玩的女孩子站在廊檐下，给她画素描。这天热得很，一丝风都没有，聒噪的蝉鸣从背后的山崖那里传来，让人越发焦躁。

"还没好吗？"女孩子等得有些不耐烦。

"再一会儿，再一会儿就好了。"

女孩的双眼皮非常有特点，义直一心想把她完美地画下来，手上的铅笔动得飞快。这时耳房传来了乳母惊慌的声音："您在干什么啊？这样不行的！"

不知养父又在发什么疯，义直急忙停下笔，眼睛越过院子向那个方向看过去。耳房离主屋不远，小小的屋脊，藏在院子的角落里。

"老爷，你这么做会得病的！"乳母的声音有些吃力，像是在拼命抵住养父，一边还在喊，"不行的，不行！来人啊，快点来人！"

格子门嘎吱嘎吱地打开了，养父从里面出来，站到了檐廊下，接着乳母也冲了出来。

义直心里一紧，左手握着素描本，右手拿着铅笔就站起来了。"老爷，您这样是在难为我们。"乳母话音里带着怒气，想要去抓养父的手。养父一挥手把她推开，另一只手指着院子，眼睛盯着手指前面的空气，嘴里还嚷着："不能让它进来！"

义直赶忙丢下素描本和铅笔，蹑手蹑脚地靠近养父，尽量不发出声音，以免被他觉察。

养父仍然在歇斯底里地大喊："看得见吗？看啊！看啊！快看那个！"养父没有发疯，乳母不敢硬拉他，满脸写着为难，只能满口应付着说："我什么都没看见，什么都没看见啊。"养父的食指指尖都颤抖了起来，嘴里嘟哝着："看不见吗？你们看不到那个吗？"

"我什么都没看到啊。那都是您的错觉。您赶紧进屋吃饭吧。这里什么都没有。"

"怎么会看不见?！那只……那只黑色的蝴蝶！那只蝴蝶！"

"哪儿有什么蝴蝶啊，都是老爷您的错觉！"

"怎么会看不见？那只黑色的蝴蝶，那只黑色的蝴蝶。你以为是什么啊？那么大一只蝴蝶。"养父用泛白的眼睛向四面看，突然冲进了院子里。乳母吃了一惊，赶紧跟了下去，义直也冲了过去。

养父躲进木板墙的阴影里，好像在害怕正午刺眼的阳光。突然他沿着墙跟跄跄跄地小跑起来。不远处的花坛里有一株苦竹，缠着一棵牵牛花，紫色的花已经干枯，蔓上还剩一两片叶子。养父将苦竹连根拔起，牵牛花也跟着飞了起来。

"老爷，老爷！"乳母边追边喊。养父恶狠狠地瞪着乳母吼道："别过来！

过来我就弄死你！这种东西放在这不管，你们想干什么?！你们混蛋！"乳母不敢再继续靠近。义直跟在她后面也无计可施，只能默默地站着，手里捏着一把汗。

养父眼神凄厉地瞪着空气，好像在寻找什么怪物的影子。过了一会儿，他仿佛找到了目标，挥起手里的竹子打了过去。怪物的影子飞走了，养父一边挥舞着竹子一边到处乱看。怪物的影子似乎又出现了，养父迈出一两步，继续拍打着空气。

看看手里的竹子，养父满脸遗憾地说："又没打中。可恶，你以为你逃得掉吗?"竹子再次挥起，一次又一次。"还打不到？又没打到！可恶！"父亲的喊叫声越来越凄厉。

乳母下了很大决心似的对义直说："少爷，没办法了。只能硬把老爷带回房间了。"义直也觉得已经没有其他办法可想，只能赞同。养父已然疯狂，还在大喊："畜生，还想逃？不会让你逃走的！你这妖怪！"

"我去抓住老爷，少爷您也来帮忙。"乳母突然跑过去，从后面将发疯的养父一把抱住。养父拼命挣扎着，嘴里大叫："你干什么?！你干什么?！别拦着我！那东西是来取我的性命的！我死了也无所谓是吧?！"然而他毕竟是病人，身体衰弱，挣不脱乳母的手。义直还在旁边不知所措，直到乳母大喊："少爷，快，快！"他才清醒过来，将养父的两条腿抱了起来。无意间义直看到，养父的嘴角有血迹。

"放开我！你们干什么?！放着那个妖怪不管，是想杀了我吗？"不顾养父的胡言乱语，两人抬起他向耳房走去。养父已经瘦得不成人形，轻得像一张纸片。

"放开我！你们想杀了我吗？那只黑色的蝴蝶就在那儿啊……"

之后过了十多天，养父死了。

想到这儿，义直心里泛起一阵嫌恶感。

跨过排水沟上的小石桥，迎面是一扇格子门，门灯昏暗。义直下意识地推开门，走了进去。门内是幽暗、狭窄的庭院，种着金松及其他一些绿树，庭院里虫鸣声细细可闻。住房的门就在庭院后面。义直穿过庭院，打开了门。

"是少爷吗？"一个女人的声音响起，似乎一直在等着自己。

"是我。现在几点了？"

"您回来了。现在刚好十一点钟。"一个个子小小、头发稀疏的女人迎了出来。

"这样啊。我去了趟朋友家，回来晚了。叔叔那边派人来说什么了？"义直一只脚才踏进门便迫不及待地问。

"那边的女佣傍晚时过来，问后天的准备怎么样了。今天外面很热吧？"

"今天也没有很热。我去寺里，和尚没在，所以我决定明天再去一趟。其实之前扫墓的时候已经跟他说过了，没必要专门再去一趟，只不过叔叔总是催我，所以还是得去。来的人就只问了这个吗？"

"就只问了这个。您明天还要去寺院对吗？挺好的。还是得您直接去找和尚，免得出了岔子？"

"谁说不是呢。明天一早就去。对了，鱼吉的老板没过来吗？"听她的意思，叔叔好像并没有专门在等自己，义直放下了心来。

"傍晚时他来了一趟，那时您还没回来，他说明早再来。人数我也按您吩咐的告诉他了，您明天早上再去找他也可以。"

"这样啊，你跟他说的是十八个人吧？"

"是的。"

"时间也说了吧？"

"说了。"

"跟他说准备大概花多少钱了吗？"

"您说过所有东西由他全包，预算在六块左右，我也是这么跟他说的。"

"嗯，这么说就可以。"

义直还惦记着借钱的事，就想马上到叔叔家里去一趟。女佣也附和说："虽然您今天很累了，但还是去露个面比较好。"

"嗯，我还是去一下吧，不然他又要说三道四了。"

"那我给您拿浴衣出来。"

"不用了，我就穿这个吧。"

"好的，您路上小心。"

义直把手里的草帽递给女佣，外褂也脱下来递了过去，随口说了句："不知道他睡没睡啊。"

"老爷还没睡呢。"女佣回答。

三

叔叔家是磨砂玻璃大门，右侧门柱上安着门铃。义直手朝门铃伸出去，又缩回来，过了好半天才快速地点了一下，然后赶紧屏住呼吸听院子里的一点点响铃声。

屋子里传出脚步声，不一会儿院子里传来木屐的声音。玻璃门上留了个五寸见方的洞，为避免女佣认人麻烦，义直把脸冲着洞说："是我。这么晚来打搅，真是不好意思。"出来的人身形苗条，不像是胖胖的女佣。看来是叔母亲自来应门了，义直心想。

"是义直吗？怎么这么晚啊？"的确是叔母的声音。

"打搅了。"

玻璃门哗啦一声打开了。义直赶忙先道歉："这么晚还来打搅，真是抱歉。叔叔睡了吗？"

"还没有呢。"

"是吗？这么晚了还没睡啊。"义直进了门，叔母随后把门又关上了。

"叔叔在哪儿呢？"

"在客厅的走廊上呢。"

义直进了大门，走上左边的走廊，走廊尽头的右手边是客厅。客厅朝向院子，前面的走廊下有一把崭新的藤椅。藤椅的方向正对着义直，叔叔穿着白色的浴衣躺在上面，膝上放着一柄团扇。

"晚上好，叔叔。"义直觉得有些喘不过气来。

"义直啊？"叔叔眼皮都没有抬。

"不好意思，这么晚还过来打搅您。"

"几点从寺里回来的？"

"五点左右往回走的，路上碰到朋友，就去他家玩了一会儿，没留神时间所以回来晚了。"

叔叔没答话，慢悠悠地撑起身子，低头瞅着半蹲在面前的义直。这时叔母拿了个麻蒲团过来，对义直说："义直坐下吧，用人已经睡了，就不给你倒茶啦。"

义直赶忙回答："没关系的，都这么晚了。"说完坐在了蒲团上。

"明天的事情都准备好了吗？"叔叔的声音像石头般冷硬。

"大概都好了。只是今天和尚没在寺里，明天一早我再去一趟。"

"今天几点去的？"

"过了三点去的。"

"过了三点，是三点半之前还是之后？"

"嗯……三点半左右吧。"这些话义直早就在脑子里排演了无数遍，现在说起来有鼻子有眼。

"这样啊。去寺院的事你自己安排吧。宴席安排好了吗？"

"也大概都定下来了。"

"要通知的人都定下来了吧？"

"是的，通知了十八个人。"

"好吧，看来准备得差不多了。钱可够用？宴席、给寺院的布施，所有的开销都准备好了吗？"

"说到钱的事，我有个不情之请。"

"不情之请，是后天付钱的事吗？"

"是的。"

"十块二十块的话我手头还有，太多的话就难办了。这次总共需要多少？"

"我觉得大概需要两百块。"

"你的意思是这两百块让我来出？"

"实在是不好意思……"

"没门儿，我没那么多钱！最近是陆陆续续给了你一百四五十块，可你也别以为钱都是天上掉下来的，地里长出来的。就算宫原家有些财产，也不是让你拿来白白糟蹋的。这次的钱是用在你养父的周年祭上，要起来倒是名正言顺呢。可也别觉得这钱就该给你！我把亲戚的孩子送到这家当养子，眼瞅着你乱花钱却不管管的话，我就对不起宫原家，在外人面前也抬不起头来！"

义直无言以对。

"你最近越发排场了，还是好好想想自己的身份吧！我问你，你说今天三点半左右去中野的寺院，五点左右往回走，遇到了朋友，去了朋友家。那个朋友叫什么？"

义直吃了一惊，抬头看了看叔叔的脸。没办法，只能编一个朋友的名字出来了："叫小原，住在巢鸭的宫仲，我在早稻田时的朋友。"

叔叔手里的团扇挥舞得啪啪作响。

"那你去的时候有没有跟别人一块？"

"没有。"

"还想骗我。你！今天！和一个妖里妖气的女人背靠背坐在公园的长椅上睡觉！都有人看见啦！混蛋，伤风败俗！你是让女人给迷上啦，这才一次次找我要钱，还骗我说要买书，买画油画的工具。混蛋！大白天的，谁会在大庭广众之下和女人靠在一块睡大觉，简直不知羞耻！看到的人跟我说，有一只大大的黑蝴蝶停在你的帽子上。混蛋！丢人现眼！"

义直头脑里天雷滚过一般轰隆隆作响，只有蝴蝶两个字清楚地闯进了耳朵。

"像你这种人，我再怎么抬举都没有用。赶紧回家种地去吧！蝴蝶停在自己帽子上都没发现，你睡得是有多沉?! 混蛋，回老家有没有脸告诉你父亲这件事?! 从今以后，你就当咱俩再没任何关系了，听明白没?!"

义直摇摇晃晃地站起身来，失魂落魄地走了出去。

四

沿着昏暗的坡道往上走时，义直才回过神来。

今晚的月光似有似无，路上也没有电灯的光，自己四周却朦胧透着光亮，就像被薄纱罩住的灯光。义直四周看看，想弄清楚自己到底在哪儿。路右边竖着黑色的木板墙。左边一排斑驳的大树，不知是栎树还是别的什么，树行间密密地种着竹子，组成了一道围墙。围墙和木板墙的头上都有树枝垂下来，义直认不出。

义直无意间看了一眼脚下，有石头从土里探出头来。它们本来是埋在路面下的，常年雨水冲刷才得以重见天日。前面也能看到这样的石头。

义直认真再看一眼，自己的木屐也正踩在一块石头上。义直这才意识到，自己正在爬坡。

关东煮店里有六七个客人。门口右边是摆放点心的台子，台子后面用隔扇隔开，中间铺着两张榻榻米。在附近教学的大胡子老师带了两个学生过来，正坐在榻榻米上喝酒，老头子早已经有了八分酒意。再往里走还有四个人，是住在附近宿舍里的学生，背对着店面左侧的货架，坐在正中间的台子那儿。

"好了没？我这边准备好啦。"门口左边的关东煮台子前站着一个长脸女子，透过小小的门帘向对面的隔间看。

"我这边也好啦。"隔间门口放着一个长方形的火盆，旁边站着一个老太婆，只能看到她那张圆脸。对面是她的大女儿，穿一件竖条纹的平纹丝绸和服外褂，背对着门口，隐约能看到侧脸。

"那赶紧的啊，别磨磨蹭蹭的。"

"磨磨蹭蹭的可不是我。"

"也不是我。"

"是你们俩……"关东煮台子旁边的一个学生插了一嘴。

店里一时充满了快活的笑声。笑声中，站在关东煮台子前的妹妹把食盒拿了出来。火盆前的姐姐也拿着烫得热气腾腾的烧酒走了出来。

"外送啊，还叫了烫烧酒，真是享受呢。你们是不是还得加上送餐费啊？"老师看着妹妹笑着说。

"怎么会，一样的价钱。"

"那还是在家里吃吧。单身的人最欢迎这种服务方式了。"

"为什么单身的人最喜欢？"

"有美酒有佳肴，还有美人送上门。"

"这样啊……"

"回头我也去租个房子吧。等到晚上挑个好时候让你们送餐。"

"那您去租吧，我一定亲自给送。"

"太好了，到时一瓶烧酒、一盘关东煮和一个美人都是我的了。"

"一餐饭就想骗个美人，这也太便宜了点吧。"妹妹笑着打岔，将食盒换到右手，"您慢用……我要走了。"

妹妹出去，姐姐也跟着出门。打开的玻璃门外垂着一盏红灯笼，灯光将妹妹的侧脸也染上了一层薄薄的红色。不一会儿，两个人的身影就消失在了夜色里。

"一瓶烧酒、一盘关东煮……"一个学生看着老师笑道，"老人家想得可够美的啊。"

"那是自然。"

这时老太婆的声音响起："老师，您教年轻人这些可不好吧？"

"对对，不该当着年轻人说这些的。"老师向右边稍微转了转头，看了看火

172

盆旁边的老太婆。

老太婆立刻接口说："就是的。"

老师看学生的酒杯空了，赶忙拿起酒壶给他们倒上，嘴里还说着："多喝点，你们还一点都没喝多嘛。"

不一会儿，坐在里面的学生和老太婆聊起来，老师则和两个学生高声谈笑。

入口前面的排水沟盖板上响起了慌乱的木屐声，只见妹妹闪身进到店里。她神情古怪，右手紧握着左手的手指尖。

"发生什么事了？"有人问。妹妹冷冷地瞥了他一眼，什么都不说，径直向隔间走去。"哟，你回来啦！"老师也扬起脸和她打招呼。妹妹依旧默不作声，顺着台阶上了隔间，只剩下老师目瞪口呆。

老太婆诧异地问："怎么了？"

"嗯。"

"你怎么了？"

"割伤手了，在那条坡道上……"

"摔倒了？"

"对啊。"

"怎么会割到手呢？"

"摔倒的时候拿手撑地，碰到路面上突出来的尖石头了……我一会儿还要去下冈崎先生那儿。"妹妹边说边躲到店右边的隔扇后面，一阵咔嗒咔嗒开箱子关箱子的声音过后，左手上缠着手帕走了出来。

"割伤手了？"

"不严重。"妹妹好像稍微平静了些，轻笑着回答，语音里却没多少笑意。

"这可不好。"老师也开不起玩笑了，不停说着这句话，也不知是自言自语还是对妹妹说的。

"一会儿就回来。"说完妹妹就出去了。

"老板娘，她在哪儿割伤的手啊？她姐姐呢？"老师转过头看老太婆。

"去那个宿舍的坡道啊。那宿舍可不是什么好地方。"老太婆的话意味深长。

"什么样的地方？"

"传说那儿过去发生过不少事情呢。"

"不少事情？什么样的？"

"那儿啊，原本是远藤先生的大院子。修路还是在我小的时候，大概已经是五十年前了。听说远藤家的家主把不听自己话的女佣活活打死，后来远藤的妻子也死了，他们家养的马都莫名其妙地暴毙了。还有很多不好的事，我从来没跟女儿们提过，怕她们害怕。那儿很邪门的。"

"是吗……"

"别的地方都不下雨，只要走过那栋房子下面，雨点一定会噼里啪啦地掉下来。别的地方都没有风，你到那儿一站，就能感觉到嗖嗖的阴风……"

义直脑子里闪过无数的光景，无意间瞅了一眼头顶上低垂的树枝。树叶就那么耷拉着，不发出一丝声响。

道路向右折去。义直数着路面上露出来的石头，故意踩着它们朝前走。但是他已经想不起自己为什么会走在这条路上，想要去哪里，只是感觉自己的双腿被什么看不见的东西支配着，一步一步朝前迈向永恒的黑暗。

坡道到了尽头，义直走上了一条稍微宽一点的路。这时右侧的黑色木板墙都不见了，变成了和左侧一样的绿树围墙。路两旁间或有门灯闪烁。眼前突然出现了一个年轻女子的背影。她身穿蓝底藏青色格子条纹的和服，袖子很长，腰间系着深灰色的带子。

女子停住，转头向后看过来。白净修长的脸蛋，澄澈黑亮的眼睛，薄薄的红唇像是在召唤着义直。义直顿时热血上涌，脑子里再想不到其他的东西了。

没有丝毫犹豫，义直满脑子里都是靠近她，离她更近一些。女子继续朝前走，义直随后赶过去，没想到她步伐挺快，一时之间竟然追不上。

义直心里虽然焦急，但跑起来还是会觉得不好意思，又怕吓到女子，只能脸上装着平静，暗地里加快着脚步。

女子又停下来，转过头来看着义直。黑亮的眼睛一瞬不瞬地盯着他，嘴角颤动，不知是笑还是在说什么。义直下定决心，一定要追上她。

两人距离大概还剩七八米，女子又朝前走去。她的头发茂密，留着大波浪卷发，下面扎一条褐色的发带。女子身上散发出强烈的香料气息，义直贪婪地嗅着，沉浸在其中。

忽然义直觉得她的背影好像某个人，是谁呢？义直的思考就到这里了，他没力气再想更多。女子又转过头来看，好像是在等着他，而且嘴角带着笑意。

义直拼尽全力向前赶，只剩三四米了。然而女人只要走起来，转眼间又将他落下老远。义直气喘吁吁，走得都出汗了，却还是停不下来。

女人的身影消失在右边围墙的角落里。那儿有条小路，一条狭窄的水泥小路，但似乎年久失修，路上到处是泥。

和女子的距离又只剩三四米了。义直鼓起勇气叫道："喂，喂。"女子回过头来，又对他笑了一下。

义直继续向前赶，女子的身影忽然消失了。

义直吓了一跳，随后才发现那儿是个交叉口，女子向右拐去了。义直也随着向右转弯。

女子白皙的脸依旧朝向义直，一副在等他追上去的样子。义直也回了个笑脸，又招呼道："喂，喂。"女子充耳不闻，继续朝前走去。

义直小跑起来，很奇怪，依旧赶不上她。右边出现一家人家，女子在一个角落里又向右转弯。这里似乎是什么僻静人家的入口，右侧是一个广场，长满了杂草，左侧还有一堵院墙。义直下定决心了，一定要追到底。

五层的塔在自己右边朦胧可见。义直觉得胸口堵住了一般喘不过气来。女子就在塔边，靠着塔的外壁站着。义直正要抬脚，却迈不动步，仿佛有人抵住了自己的前胸。

一个小小的黑影从女子旁边的墙角偷偷出来，突然向她冲了过去。义直以为是小混混，赶紧跑过去想把他赶走。突然响起一声怪叫，分不出是人声还是野兽。冲向女子的黑影蹿上了二楼屋顶，像猴子、野猫一样敏捷，跟着又继续向上，转眼就不见了。

义直吃惊地看向女子。五楼窗户的光照下来，灯光下女子的身影已经消失，只剩一只黑色的蝴蝶在啪啦啪啦地扇动着翅膀，不一会儿也不见了。

义直的头脑里一片茫然。

五

义直木然地挪动着双腿，走下昏暗的坡道，穿过一条狭窄的巷子，穿过汽车川流不息的大道，完全不辨场所和方向。

道路右侧的房子门口低低挂着黄色的帘子，明晃晃的灯光照出来，像是一间酒吧。义直感觉到口渴，想喝点苏打水之类的东西润润喉咙。他停下脚步，向屋内里看去。

四扇玻璃门左右打开，屋子正中间摆着一扇镜子一样闪闪发光的屏风。屏风右边不远是摆满了酒水的陈列架。架子下站着一个女子，穿着水蓝色的和服，样式有点像西装。左边一个年轻男子背靠着墙，手里端着酒杯。

义直从右边的门进去。右边离墙不远的地方摆着两张黑色圆桌，远一点的那张桌子旁边，一个身穿蓝色中式服装的高鼻梁男子面朝门口坐着。这位男子的右边是通往二楼的楼梯，泛着石头一样的白光。

左边靠墙摆着三张长方形的桌子，中间一张坐着的是刚才从外面看到的年轻男子，他的对面有个红脸膛的男子，留长发，穿西装，看着不像日本人。

"欢迎光临。"酒水架下面站着两个女人，一个是那个穿水蓝色和服的女子，另一个梳着岛田髻，围着围裙，看起来只有十六七岁。

义直眼睛在店里巡视了一圈，选了右边靠门口的桌子坐下，恰巧在高鼻梁男子斜对面，朝向楼梯。

看他坐下，穿着水蓝色和服的女子走了过来，穿着短靴的她走路却不带一点声音。

"欢迎光临，请问您要点什么？"

义直忽然不想喝苏打水了，他想来杯生啤酒："有生啤吗？"

"有的。"

"那来杯生啤吧。"

"好的。"她答应一声，向左边走去。左边墙上有个窗口，她把头伸向里面喊道："生啤一杯！"里面答应了一声，声音阴惨惨的，像从遥远的洞穴里面透出来的一样。这声音可够瘆人的。义直正想着，女子已经端着一杯啤酒走了过来。啤酒泛着澄澈的琥珀色光泽。

"让您久等了。"

"谢谢了。"义直迫不及待地将杯子送到嘴边。冰凉的啤酒滑过喉咙的感觉让人神清气爽，义直一口气下来几乎喝干了一整杯。他放下杯子，看了看自己对面的客人。高鼻梁将手放在膝盖上，坐得很端正，眼睛却闭着，像是在睡觉。

义直这才想起，天已经很晚了。"也不知道现在几点了？"义直想找块表看看，同时又想起自己为什么会来到这里的事情。"这里是什么地方呢？"义直绞尽脑汁也想不起来。他有些焦躁，用一只手握拳不停捶着自己的头。

"再给您添一杯生啤吧？"穿着水蓝色和服的女子来到了他身旁。

"好，再来一杯吧。"义直懵懵懂懂地拿起眼前的杯子，将剩下的一点啤酒喝完，边喝边向左边的桌子看去。和自己刚进来时一样，红脸膛、长头发的男子依然朝桌子探着身子，他对面的年轻男子依然是嘴唇抿着杯子口的姿势。

义直感觉到异样，又看了年轻男子一眼。男子的眼睛漆黑发亮，但是眼珠一动不动，好似人偶一般。

"让您久等了。"和服女子又拿着杯子走了过来。趁女子放杯子时，义直用手指着年轻男子问："小姐，那位客人是睡着了吗？这么老半天一直拿着杯子动都没动。”

女子回头看来一眼：“睡着了呢，对吧？”说完转过头看了看坐在酒水架下纹丝不动的岛田髻女子。那个女子睁大眼睛，咧开嘴笑了。

“小姐，这里是什么地方？”

和服女子把头又转过来：“您不知道吗？”

“不知道。”

“过一会儿您就知道了。”

“我不知道！不知道这是什么地方，也不知道现在几点！”

“您是哪儿不舒服吗？”

“哪儿不舒服？我也不知道！”

“是发生什么事了吗？”

“我也不知道发生了什么事。告诉我，告诉我现在的时间和地点，我或许就能明白了。”

“这种无关紧要的事情，不知道也没关系的。”

“这可不是无关紧要，这很紧要！快告诉我地点和时间！这里到底是什么地方？还有，现在几点？”

岛田髻女子起身说：“蝴蝶来了。”

义直仰起头看天花板。天花板上挂着三盏瓦斯灯，咝咝地放着黄光。

“这位先生。”身后突然响起了一个似曾相识的声音。义直急忙转身。背后是那个身穿蓝底藏青色格纹和服的女子，她的皮肤在黄色灯光下依然不减白皙。

“啊！是你！”

“您什么时候过来的？”

“我才刚来没多久。对了，现在几点？”

“嗯……几点呢……这种事情何必管它。”

“不知道时间，不知道在那儿，我现在完全糊涂了。拜托，快告诉我吧。”

“何必这么寻根究底地问呢。我今晚睡不着，所以想出来喝杯苏打水呢。”

女子边说边在义直旁边的椅子上坐了下来。

"今晚大家还是在小店里放松一下吧。我去给您拿苏打水。"旁边站着的穿水蓝色和服的女子也热情地说。

"啊，给我加片柠檬吧。"

穿水蓝色和服的女子走后，女子看着义直的脸问："您要不要也来一杯苏打水？"

听女子这么说，义直有些不耐烦："不用了，我喝过啤酒了。快告诉我这里是哪里，我自己怎么都搞不清楚。不知道地点和时间，我的脑子里一团乱，什么都想不起来。"

"这么无聊的事情，何必管它。"女子笑着说。

这时穿水蓝色和服的女子端着苏打水走了过来，笑着说："这位先生从进来就一直在问这些。真是的，真是无趣。"边说边把苏打水放在了女子面前。

"可不是嘛，真的是很无趣。"

义直焦躁地回答："这不是有趣无趣的事，这对我来说很重要，快告诉我。"

"就算我不说，一会儿您就知道了。再稍等片刻吧。"

"我等不及啊。为什么我这么恳求你们，你们都不肯告诉我？"

"您不要逼问我啊。逼急了的话，我可要走了。"女子悠闲地喝着苏打水。

"那你是无论如何都不打算告诉我了？"

"现在不能告诉您，再稍等片刻吧。"

"为什么不肯告诉我啊？我现在只认识你一个人，其他的事情全都一头雾水！"义直已经快哭出来了。

"好吧。我们去三楼吧。上去您就知道了。"

义直转悲为喜，赶忙催促女子："那我们现在就上三楼。"

"走吧。"

义直起身，女子也跟着站了起来。义直越过蓝衣男子的桌子，沿着寒水石做的楼梯向上就走。楼梯呈螺旋状。

女子随后跟来，义直无意间又看了一眼她的头发。依旧是流行的大波浪卷发，下端扎着发带，像蝙蝠张开的翅膀。

二楼的房间里放着一张圆桌，但没有人。义直匆匆一瞥，就赶忙奔三楼而去。三楼是一间空旷的大房间，灰蒙蒙的。屋子里摆满了桌子，许多人影散落在屋子各个地方。义直犹豫了一下，不知该坐在哪里。

"到这儿来。"自己正对面的桌子旁有人招手。那人可能认识自己，义直三步并作两步赶过去看。那是一个女子，看起来有二十三四岁，身形娇小，相貌清丽。

"欢迎光临，今后我们做好朋友吧。"

义直觉得自己在哪儿见过她，却怎么也想不起她是谁。

"认出来了吧？是我啊。"女子笑了，义直却依旧一头雾水。

"义直啊，认不出我吗？没看到过我的照片？"

义直的头脑里仿佛忽然有什么一闪而过。

"我是你养母啊！"

是养母。亡故的养父嘴里所说的被关在诡异房子里的养母。

义直吃惊地下楼，木屐都来不及穿就往门外冲去。一直开着的玻璃门忽然啪的一声紧紧关上。

义直惊慌失措，用力拉门，却怎么也拉不开。一扇，又一扇，义直不停地晃动着四扇玻璃门，它们却像铁板一块，纹丝不动。

那晚以后，再没有人见过义直。

狐狗狸游戏

狐狗狸原本是外国的东西，具体传入日本的时间并不明确，据说是明治十六年（1883年）左右美国船在伊豆的下田停靠时一名水手教给日本人的。

玩狐狗狸游戏首先需要苦竹，切出三段苦竹，每段长一尺二寸且都要带竹节。然后将三段竹节交叉，交叉点用麻绳捆上，撑起来后上面扣一个饭盒盖或盆子。

游戏人数必须在三人以上，大家将手轻轻放在盖子上，指尖相接，不一会儿就能感觉到狐狗狸来了。这时提问吉凶祸福，竹节的脚便会抬起，表达是或否的意思。

在盖子上放颗鸡蛋的话狐狗狸会很起劲，颠得鸡蛋跳来跳去。有人能弹个三弦助兴的话，更是能让它兴奋异常。

狐狗狸这个名字只是借用了汉字，有人说是因为盆子左摇右晃的样子所以才取了这个名字。也有人说，美国归来的益田君称这是个告知人们天理的游戏，所以给它取名"告理"，后来才演变成日语中同音的"狐狗狸"。

日本也有专门研究这个游戏的文献，比如石渡贤八郎编纂的《西洋奇术·狐狗狸怪谈》和骨皮道人著的《狐狗狸和理解》，二者都出版于明治二十年前后。

简言之，狐狗狸是一种唯心主义的降灵术。也有人说它是故弄玄虚，全是人身上的静电在起作用。那究竟为什么玩游戏时盖子会动来动去呢？

我以为原因有三点：一、三只脚的结构容易晃动；二、一个人手的动作会带动其他人也动起来，这是人的动物本能，也使得盖子越动越快；三、人的心理自动机制和应激的下意识机制。

明治四十年左右，有一种一个人就能玩的新游戏出现了。

选一张心形的薄板，给三只脚中的两只后脚装上小陶瓷圆盘，前脚用铅笔支撑，游戏者发问后由铅笔来回答。

最近这种游戏又流行了起来，想必是因为它给出的答案更丰富，且比起扑克牌来显得更不受人的意志操控吧。（西乡兵卫先生述）

秃鹫

我所住的村庄在土佐的海岸边，那时已经有去留洋的人，也受到了些自由主义文化的影响，但这里仍旧是中日战争前的半耕半渔的小渔村，支配村民日常习惯的也仍旧是传统的原始信仰。

在供奉有圣神这位无名高僧的寺庙周围有一片森林，森林里有一位叫笑婆婆的妖婆，她看到人就会冲他笑，而这些人在看到后，也必须一直笑到妖婆不笑为止。

"哈哈哈……"妖婆的笑声在山中回响。

圣神寺附近有一棵大楠木，如果用斧子朝它砍去，树就会滴血，第二天早上被砍的地方会自动愈合，毫无痕迹。

在圣神寺东边山的尽头处，有一棵被称为三味线[1]松的松树，它的树干蜿蜒曲折，人们时不时地会从那里听到三味线弹奏的声音。在三味线松附近有时还会出

1　日本传统弦乐器。——编者注

现一个无眼无鼻的怪人。

有天黄昏，一名从邻村回来的村妇，因比较在意无眼无鼻怪，正独自害怕地在路上走着。这时她看到一个女人在前面走着。

村妇觉得这或许是个好同伴，就赶紧追了上去，朝她说道："听说这里会出现没有眼睛和鼻子的人，我非常害怕，不知道该怎么办。让我跟你同行吧。"

这时在前面走的女人说道："哎呀，你说的不就是我嘛。"只见她一回头，出现了没有眼睛也没有鼻子的平坦的脸。

大井的小路上，马首垂会像飞一样在晚上奔跑。

半夜在海岸边撒网，大入道会回来看你腰上的鱼筐。

下午四点左右，有人去山上砍柴时见到了鼻子很高、体形很大的男人，回去后砍柴人就生病了，因为他遇到了天狗。

成为大网捕鱼点的八番某处，阴天夜晚鬼火燃烧得很旺盛。

当有人穿着新做好的草鞋，在鞋底吐一口吐沫，然后再召唤道"法华堂的鬼火哟"，从高知市北边法华堂的山上飞来的鬼火就会过来燃烧，不管那人能不能看到。那鬼火原本是在法华寺周围因弄丢了重要信件的信使之魂，现在也仍在寻找信件，所以只要说"信在这里"，它也会过来。

神峰阳贵山，那里的鬼火能够绕山一周，见者必死。鬼火不仅到处燃烧着，更在四处飘荡。

狸猫也会被人骗。

相传有天村里有个老人路过，看到狸猫将树叶贴在身上化身为人类，于是就跟狸猫说"你那样不行，得这样"，然后就将狸猫骗到袋子里，杀掉煮汤喝了。

芝天狗在麦子变黄后出现，把傍晚还在玩耍的人带走了。芝天狗扮成小和尚的样子，在有人路过时就向人挑衅说："比赛相扑吗，比赛相扑吗？"不少行人觉得这个小和尚有些小任性，正准备教训教训他，但当真正比赛时反而被打飞了，行人觉得很奇怪，再次挑战却又被打飞。就这样行人同小和尚较量了一晚上，到了早晨有别人路过提醒行人时，他才发现自己竟然是在同荆棘相扑，而身上此时已经全都是血了。而类似河童的芝天狗则会穿破在水里游泳的小孩的肛门。

被生灵上身、被犬神上身，在路上走着来了七位御先，所有与他们相遇的人都得了热症。

晚上，海边风平浪静的夜晚，传来了船上幽灵"嘿哟嘿哟"的划船声。

…………

某个夏天月亮浅照的夜晚，我和一起上晚自习的少年们到了台场海上，一起玩了夺旗游戏。

台场是藩政时代为抵御外寇而设的炮台，在小山一样的土堆上面生长着大松树等植物。我们是在台场的南边草地上玩的夺旗游戏。

夺旗游戏是将一头绑有绳子的竹竿竖起来，分两组的少年们在下面，一边阻止敌人一边自己还要找空隙爬上竹竿，把绳子解下来扔给己方同伴的游戏。这个过程中要一直防着敌人，努力将绳子带到己方阵地。

我们玩了几次夺旗游戏后，休息时有人小声说："大家能看到那个吗，能看到那个吗？"

我睁开眼睛，只见有一只小手指向东方。我好奇地看向手指的方向，那是八番某处的陆地，松树树梢上呆挂着一个苍白色如同月亮形状的圆形物体，看着看着它就像萤火一样散开，落了下来。

我不由得想起了八番的鬼火。正想着，又见到松树上的火团，还没眨眼它就飘散了下来。

我的头轰的一下，浑身发麻。而我旁边的少年小寅则哭了出来。

现在回想起夺旗游戏那天的怪谈，也不太能分辨出是真实存在的怪事，还是从臆想的怪事的恐怖之中所创作出来的。

但这事之后的那件怪事却是真实存在的。

那很像在老妪茶话中才会出现的故事，在之后却得知只是因人类的巧智而产生的事情。

那是我十二三岁的时候，村子北侧的山麓上，有一座清导寺。我依稀记得曾听人评论过那里的住持。

清导寺是和尚可以吃肉娶妻的寺庙，那里的住持就娶了妻子。

"那种破戒和尚，又没有法力，感觉没法在山里待下去。"

"不是说清导寺的和尚都没有法力吗？"

"听说在晚上，像黑牛一样的东西会出现在正殿。"

"那山上有天狗，破戒和尚不会死的。"

清导寺所在的山上，山顶有一个巨大的岩石，敲它就会发出当当的声响，所以村民把它称为当当岩。

我少年时代的朋友久马，一边给我看他头上的伤，一边告诉我，他有天去当当岩玩，被天狗摔了的事情。

我还记得他说"白兔跟我说，快回去快回去，但我却没看到它"，之后我就觉得清导寺山谷是个可怕的地方。

"那个和尚，真的没有法力吗？"

"听说一点都没有。"

"这样啊……"

"那种没法力的和尚是没办法的，大家都在说要找个有法力的人来。"

清导寺山谷下面的田地叫三田。

"听说今天在三田的天上有秃鹫在飞。"

"哦，秃鹫吗……"

"是啊，就是秃鹫。"

"这附近会有秃鹫吗？"

"那不知道，听说可是看到在飞了。"

"不是说秃鹫会抓人吗？"

"那是啊，三之助不就被抓了吗？"

三之助是一个在故事里出现的少年。北边的老人和旁边的男人也有这样的对话。

“那不是秃鹫，是熊雕。”

“那是那西。”

“有叫那西的鸟吗？”

“没有，是故事里出现的。”

开玩笑的人是北边的老人。但在秃鹫出现的几天后，发生了一件让我们害怕的事情。

有一个正在午睡的清导寺婴儿被摔死在了寺庙旁边的临时厕所，而婴儿身上的尿布却挂在了庭院里的梅树枝上，所以大家就说婴儿是被秃鹫抓走的。

“那个怎么看都是秃鹫……”

“就是在三田天上飞的秃鹫。”

“熊雕也能抓小孩。”

“小孩害怕了，今后得注意小孩子。”

“是不是寺里和尚的法力不够……”

“不带来一位有法力的和尚不行啊。”

“那就是个警示。”

村里的谈资都被寺庙婴儿之死承包了，但这也在不知何时逐渐被大家遗忘。

在婴儿之死事件后，也不知过了多久，某天傍晚，我和两三个少年朋友在附近的榻榻米屋的院子里玩耍。那里世代经营着榻榻米，随着他家肥胖白嫩的麻子脸男人死去，就不再做生意了，那时他老婆和已经挺大年龄的女儿终日无所事事。

我们在榻榻米屋的院子里，削尖树枝，把它插到地里，玩着一个名叫根木的游戏。这时堀内村的巡查毫不客气地进来，从我们旁边过去，进了前厅的走廊。

在我们被根木游戏吸引之时，前厅那边突然传来了野兽般的叫声。在那如恶鬼之怒的吼声后，连传来人声的时间都没有，纸拉门就接二连三地倒了。

我们被吓了一跳，立刻结束了根木游戏。

这时，借榻榻米屋前厅祈祷的修行僧和巡查两个人扭打着从走廊出来了，没过多久，两个人就打到了院子里，打斗得十分激烈。

修行僧那如野兽般的叫喊怒声，让我们更加心惊胆战。巡查将修行僧的两只手从后面困住，从心惊胆战的我们前面把修行僧带走了。

那个修行僧苍白的胡子，清晰的嘴角边渗着鲜血。就在我觉得看起来很不舒服，将眼睛闪开时，巡查已经拉着修行僧从入口的掘立门出去了。

"修行僧被堀内押走了。"

"修行僧干什么了呀？"

我也很好奇修行僧被押走的原因，却始终没能知道。

这件事情同清导寺婴儿之死事件，对我来讲都是很奇怪的事件，我时不时就会拿出来思考，但始终没能想明白。

然而在二十年过去后，我和一位村里老人说话时，突然想到这件事情，问了问得知了其中的缘由："是那修行僧想夺取寺庙，把小孩杀死了。"

这时，我多年的疑惑终于被揭开。

这是一个能被称为怪谈的故事。

苍蝇法事

一只苍蝇落在九兵卫举着火盆的右手上。

明明才二月，寒冬还未结束，这会儿不该有苍蝇吧？九兵卫歪着头想了一会儿，莫非真的已经到了苍蝇出没的季节了？不对，确实还早啊。

纳闷归纳闷，九兵卫还是习惯性地抬手赶了赶，于是苍蝇转头飞到柜台的格子上肆无忌惮地闲逛起来。

这是一家位于京都寺町大道松原下町的饰品店。店里雇了两三个年轻的伙计，正努力地向进店的女客推销头饰。

九兵卫也懒得搭理那只苍蝇了，自己还要尽快为亲戚家即将出嫁的姑娘赶制首饰呢。

他的妻子和女儿此刻正坐在里屋中，女儿年约十七八岁，容色清丽，就像个瓷娃娃般娇俏可爱。

母女二人相对而坐，母亲不时抬头细心地指导一下女儿手里的活计。清晨的阳光透过屋外的走廊斜斜地射进屋内，温煦满室。

妻子拿起一块红色的碎布，正准备放在膝上，一只苍蝇不知从哪里飞了过来，正落在她拿着剪子的手上。

"嗯？这时节怎么会有苍蝇？"妻子很是不可思议地盯着那只苍蝇。

女儿从小就对那些准新娘怀有莫名的嫉妒心，这会儿正在心中专心致志地盘点店里那个姑娘的缺点，看了苍蝇一眼，也没多想，便扭头继续想自己的事了。

"天还这么冷，这也太反常了吧。"妻子还在纳闷着。

"嗯，好像是有点早。"女儿随口附和了一句。

"可不是嘛，这还真是只浑浑噩噩的苍蝇啊，连时间都能记错。"妻子看着女儿说了一句后，扭头想再看看那只奇怪的苍蝇，却怎么也找不到了。

"咦，跑哪儿去了？刚刚还在这里飞的……"她又不死心地找了一圈，可还是连个影子都没瞧见。

到了中午，一家人一起吃过饭，主人九兵卫将空碗递了出去，一旁的女佣连忙伸出托盘准备接过空碗，就在这时，原本停留在托盘上苍蝇飞到了九兵卫拿着空碗的手腕上。

"怎么又有苍蝇……"九兵卫惊讶道。

坐在他对面的妻子立即就想到了早上看到的那只苍蝇："你也见到了？早上我在屋里也看到了一只。"

"嗯，早上我在柜台前见过一只。"九兵卫将空碗放在托盘上，那只苍蝇也从餐桌上飞了起来，扑棱着翅膀落在榻榻米上。

"也真是奇怪了，这个季节怎么会有苍蝇呢？它真的记错时间了吗？"妻子停下夹菜的手，朝苍蝇停留的位置看去。

"是太早了点。"九兵卫接过女佣盛的第二碗饭。

坐在妻子和女佣之间的女儿想了想突然问道："这就是早上那只苍蝇吧？"

"应该是吧，这个季节顶多也就一两只苍蝇而已。"妻子回答。

"这么说来，大概早上柜台上的也是同一只了。"九兵卫看了看榻榻米，却发现不知何时它又飞走了，"咦，又飞哪里去了？"

下午两点左右，九兵卫在柜台旁喝茶时又见到了那只苍蝇，它从柜台的格子上飞到了桌子上。坐在一旁跟他闲聊亲戚家老人之事的妻子也听到了轻微的"嗡嗡"声。

那天夜里，九兵卫一家三口坐在灯下闲聊。九兵卫说着话瞥了一眼灯罩，发现上面停着一只苍蝇。

"怎么又来了？"九兵卫瞪大了眼睛看着它，仿佛眼前出现的是一个不祥之物。

"苍蝇。"妻子也转头看着灯罩，"又是刚才那只苍蝇吧，我和爷爷说话时，它就在我耳边飞个不停了。"

"我下午吃点心的时候也看到了。"

"同一只苍蝇吧，要不拍死算了。"

"不用拍死，抓了丢到外面就好了。"九兵卫举起两只手慢慢靠近，瞅准时机一把扑了上去，将苍蝇牢牢地困在自己的掌心。

"开窗。"

妻子连忙跑到走廊边打开套窗，此时屋外已是漆黑一片。随之而来的九兵卫把掌心中的小虫往外一扔，然后立即关上了套窗。

第二天中午，九兵卫夫妻坐在茶室里一边喝着茶，一边聊着亲戚家的那个准新娘。

"毕竟是我叔叔，不买个衣柜大约是说不过去吧。"九兵卫说着不经意地看了一眼妻子的右肩，发现上面趴着一只苍蝇，"怎么又有苍蝇？"

"哪里？"妻子闻言转头找寻，那苍蝇立即飞到了九兵卫的膝盖上。

"又是昨天那只吧？"

"嗯，大概是。"

"太烦人了，还是拍死吧。"

九兵卫双手拢成球状，左右一夹，便把那苍蝇困在掌心了。

"算了，不用拍死了，扔得远远的也就罢了，你去前面柜台找个袋子给我。"

妻子闻言走出茶室，到柜台附近找来了一个店里使用的包装纸袋。

"清吉好像有事要去一趟堀川，就让他带走扔掉吧。"

妻子打开纸袋后，九兵卫将掌心的苍蝇丢了进去，又迅速捏紧了袋口。然后妻子带着纸袋又返回柜台。

到了傍晚，一家三口坐在桌前准备吃晚饭。女佣从热气腾腾的锅里舀出饭菜装在三人的碗中，然后连着托盘一起递给女主人。妻子接过托盘后正打算将碗放在九兵卫的跟前，突然不知从何处飞来了一只苍蝇，就落在她的手腕上。

"啊……"妻子仿佛看到了什么可怕的东西似的瞪大了眼睛看着自己的手腕。

"苍蝇？"九兵卫一脸不耐烦地问道。

"还是今天早上那只吧？"妻子伸出左手想要将右手腕上的苍蝇赶走，九兵卫从她手中接过了饭碗。

"应该不是早上那只了吧？"

只见那苍蝇在二人眼前晃来晃去，最终落在九兵卫的右手腕上。

九兵卫用左手的手掌盖住，慢慢收紧，然后用手轻轻捏住那只苍蝇。

"那只苍蝇又回来了？不至于吧……那就让我检验检验，阿丰，去把你的胭脂拿来给我。"

妻子依言拿来了胭脂，九兵卫拿出胭脂在苍蝇的翅膀和身上都涂了一圈，接着将其放入纸袋。"明天勘右卫门要去趟伏见，我让他带走扔掉。"勘右卫门是九兵卫的弟弟，就在他家附近开店。

苍蝇似乎真的只有一只，第二日一整天也见不到一只苍蝇。那日天气寒冷，薄薄的云层遮住了阳光，一整天都显得阴沉沉的。晚饭后九兵卫又和妻子聊起了那只苍蝇。

"看样子苍蝇果然只有一只，今天一整天都没见到苍蝇了。嗯，不过也有可能是两只，一只昨天丢掉了，一只今天丢掉了。这下彻底没苍蝇了吧。"

"也或许，是昨天那只回来了呢？"妻子似乎在看着什么影子。

"这大冷天的，哪儿有那么多苍蝇啊，而且我让人把它扔到护城河边去了，怎么可能再飞回来呢？"

"可能是吧，但不知为何，我总觉得那就是同一只苍蝇。"

妻子终于看清了灯罩上的影子。"苍蝇，又是苍蝇！"她惊恐地大叫一声。

九兵卫扭头看了一眼后，再次拢起双手慢慢靠近，成功地捏住了那只苍蝇。他将灯罩取下，借着油灯的亮光仔仔细细地看了看苍蝇的翅膀和下腹，那里果然有胭脂点过的痕迹。九兵卫很是不解，而手中的苍蝇趁他不注意逃了出去，在妻子的头顶静静地飞着。

"有胭脂？"妻子不由得提高声调问道，眼中满是惧意。

"嗯。"九兵卫轻轻地点了点头。

不知为何，他想到了上个月去世的一个名叫阿玉的女佣。

阿玉是若狭[1]人，从小父母双亡，也无六亲可依，只能跟着宇治的姨母一起生活。她长着一张可爱的圆脸，身量矮小，在自己的饰品店工作了四五年，却一件新衣也不曾做过，把自己这些年的薪水全都攒了起来，累计有一百钱之数。

"你怎么光攒钱不花钱啊？那些钱你要拿来做什么呢？"某日，妻子开玩笑地问了一句。

"我想用这些钱在寺庙里为我的爹娘立个牌位。"阿玉如是答道。

去年秋天，阿玉如愿在常乐寺中为父母立起了牌位，共花费七十钱。剩下的三十钱，她交给主人九兵卫，请他代为保管。

谁知入冬后，阿玉染了病，一日重似一日，便辞了工作到宇治的姨母家休养，可还是不幸于上个月十一日香消玉殒了。

1　即若狭国，日本古代的令制国之一，其领域大约为福井县的岭南。——编者注

九兵卫突然想起，那三十钱还收在自己家里。

"阿玉的钱，你是不是还收着？"他看着妻子问道。

妻子看着九兵卫，并未作声。那苍蝇还在她的头顶盘旋。

"就是那个用积蓄给爹娘立了牌位的阿玉，或许她想让我帮忙为她自己做场法事。"

"对啊……"妻子身体一僵，似乎也想到了什么。

"她是什么时候死的来着？"九兵卫低头回忆，"十一日吧……这么说来，到明天就满七七四十九日了。"他又沉思了片刻接着说，"这样吧，明天我让勘右卫门拿出三十钱，不，拿出六十钱，分别去通西轩和瑞光寺各做一场三十钱的法事。"

苍蝇不见了。

到了次日早上，那只点了胭脂的奇怪小虫不知又从哪里飞了出来，就这么围着九兵卫夫妻打转。夫妇二人倒也不在意，只是默默地看着它飞来飞去。

早饭过后，勘右卫门被叫了来，一进门就看到苍蝇趴在嫂子的膝盖上。

"那只苍蝇又飞回来了。"九兵卫看着弟弟说道。

"什么？居然能飞回来？"勘右卫门不可置信地瞪大了双眼。

"对，就是那只苍蝇。"九兵卫指着妻子膝盖上的苍蝇，将昨夜自己的决定告诉了弟弟。

"所以，还要麻烦你替我跑一趟寺庙。"

"好的，我这就去。"勘右卫门点了点头。

妻子起身，准备去拿点银钱交给小叔子，苍蝇也乖巧地从她膝头飞开，落到了九兵卫的右手背上。兄弟俩目不转睛地盯着那只神秘的小虫。

妻子拿着两个纸袋进门坐下，里面装着法事所需的费用。她刚一坐下，停在九兵卫手背上的苍蝇便轻飘飘地落在了榻榻米上死去了。

九兵卫夫妇决定将苍蝇的尸体一并带去寺庙安葬，便将它装在一个小小的箱子中，让勘右卫门一起提走了。

勘右卫门先去了深草的通西轩，自堂上人亲自为苍蝇覆上加持土沙。复又去了瑞光寺，慈明上人为其诵经超度后，将它葬在寺庙的后山上，并为其立起一座"卒都婆[1]"。

元禄[2]十五年，阿玉化蝇的故事传遍了京都的大街小巷……

---

1 也称"板塔婆"，虽然是佛塔的意思，但一般来说是指"为了追善供奉，写经文或题字，立在墓后的塔形竖长木片"。——译者注

2 元禄是日本的年号之一，该年号从1688年使用至1704年，元禄十五年即1702年。——编者注

妖影

这四五年来，我一直四处求购一本叫作《子不语》的书，几经周折现在终于到手。这是一本收录了各种奇闻怪谈的随笔。

根据序言描述来看，作者虽然一开始给书取了这个名字，但后来发现和其他书重名了，所以重新定了另一个名字。所以，书封面上的名字其实是《新斋谐》。

关于这本书的消息，多亏了一个经常到我家里来玩的朋友告诉我。

"你找的那本书不是叫什么《新斋谐》吗？我在大学门口的那家日本古籍书店里看到了。"有一天，那位朋友告诉了我这个好消息。那是一套总共有十二三册的集子，都是黄色封面的唐本[1]。明治四十年，我曾经在浅草的一家日本古籍书店里买到过，但是后来因为老是搬家，搬来搬去把那套书给搬丢了。这件事把我悔得肠子都青了，四五年来我到处搜罗，到底没能寻得。今年春天，我遇到芥川龙之介先生的时候还谈起过《子不语》的事情。当时芥川先生提醒我说："那本

---

1 从中国传入日本的书籍。——译者注

书虽然叫《子不语》，但会不会可能还有其他名字？”

我回答说："很有可能。我之前有一套，后来弄丢了。前前后后我也找了好几年了，但是怎么也找不到。"

不过，那次碰面之后，我留了个心眼，开始扩大范围，凡是身边有对古本感兴趣的，特别是在收藏唐本的朋友，我都会一一交代，请他们帮我留意。功夫不负有心人，果然，前面提到的那位朋友就给我提供了古本下落的消息。

我一得到消息，多一刻也坐不住。虽然两三天前才下了一场大雪，屋檐下、道路边到处都落满了厚厚的积雪，而且天色将晚，但这一切都拦不住我那颗迫不及待的心。于是，即刻让朋友领着，来到大学门口的那家书店，买下宝贝。

回到家后，一来身上确实冻僵了需要热热身子，二来我得偿所愿，得好好感谢一下朋友，于是两人马上在附近找了一家西餐馆，一边就着温暖舒适的炉火，一边吃着三两味热腾腾的料理，天南地北地聊了起来。

正聊着呢，朋友突然感慨道："最近也不知道怎么了，身边老是发生一些怪事。我也不知道是不是自己快疯了，所以才会出现这样的错觉。嘻，总之就是很不得劲。"

我忙追问到底怎么回事，朋友这才一一道来。

那是一个大雾弥漫的深夜。我和两三个同僚在银座吃罢晚饭，各自散了回家去。电车来了一辆又一辆，全都塞得跟沙丁鱼罐头似的。我无奈只得叫了一辆的士，准备先打的到上野的广小路，再从那里转乘电车。下了的士，我那老毛病又犯了，忍不住又想去夜间营业的书店看看古本，于是脚下不由自主地沿着人行道，往切通方向走去。

我先是进了一家正在盘点清仓的书店，店里摆满了刚刚到货，正准备上架的古书。出来后又逛了一家只卖杂志的书店。我一路边走边看，来到了一家并不起眼的古本屋，只见他们在地板上直接铺了一张菖蒲席子，上面摆着的古书都比较陈旧，还微微有点脏，倒也不枉一个"古"字。我饶有兴致地在席子前蹲下身来，在古书堆里稍微翻拣了一下。之后又踱进店里逛了一圈，店不大，一会儿就逛完了。

出了店门，我正准备横穿马路到对面去，只见从动坂方向开来的电车刚好缓缓驶来，眼看就要进站了。我心下着急，加快脚步准备直接插到电车前方。这时，也不知道是从电车上下来还是从对面的人行道上出来的，一个女人一路小跑和我擦肩而过。我无意间从侧面瞟了对方一眼，是个长着一张鹅蛋脸、肤色白皙的女人，眉眼之间甚是亲切，很像我认识的一个故人。

虽然我听说那位故人已经到朝鲜去了，不过万一回到东京了也难说，所以我一迈过电车铁轨，就转过身准备叫住那位女子。不料，此时从广小路十字路口过来的电车正好"呼隆隆"驶过眼前，挡在了我和女子之间。等到电车尾巴通过，路面上只剩下五六个人影在白色的雾霭中移动，根本无从分辨哪个身影才是刚才那位女子。我只好作罢，跳上了开往大塚的电车。上车后，我越想越觉得刚才的女子很可能就是自己那位故人，刚才没有果断叫出口，白白错失了机会，心下不由得十分懊悔。

说起那位故人，那还是我在乡下小学教书的时候，班上的一位女学生。她家住在隔壁村，那时候，她们村还没有开办学校，所以她也和同村的孩子一样，每天到邻村来上学。由于家里只生了她这么一个女儿，所以父母从亲戚家收了一个养子。也就是在这期间，她和一位与我一同到学校任教的朋友关系亲密。不过，这些都是我回到东京以后的事情了，那时候女孩应该已经从学校毕业，估计有十八九岁的样子。六七年后，我因为成了叔父家的遗产继承人，为了办理继承手续回去了一趟。一切事情都办妥之后，我想很久没见那位朋友了，所以趁返京之前到他家去拜访。

朋友的家和前面说到的那位女学生的家在同一个村，那是一个典型的小渔村。那时候，朋友已经不在我那个村，而是回到自己村里继续教书。朋友的妻子是个产婆，自己也生了三个儿子，还有一个尚在襁褓中的女儿。朋友见我来了，连忙领着我出门，两人一路往建在附近防波堤上的海鲜市场走去。夕阳西下，海平线上的彩霞染红了半边天。打鱼归来的渔船争先恐后地驶进港来，港口附近桨声阵阵、人声鼎沸，好不热闹。渔船上卸下来的大鱼瞪着鼓鼓的圆眼，在海鲜市场的沙石地上一溜排开去，颇为壮观。正是春鱼上市的时节，我只记得肥美的加级鱼、马鲛鱼鳞光闪闪，分外耀眼。朋友从鱼贩子手中买下几尾好鱼，回到家后亲自下厨料理了，请我尝了一顿海鲜大餐。

吃完后，朋友提议道："我们出去走走吧。"

朋友那坐在一旁喂奶的妻子听了，揶揄道："既然有好地方，也带我去见识见识呀。"

朋友苦笑一声，骂了句"臭娘们"，便催着我起身。

当夜，晚风拂柳，星斗漫天。

"其实我是要带你见个人。"我们摸黑翻过一道小坡，来到通往我家村子的码头时，朋友终于道出了实情。

我跟着朋友，沿着渡口右拐，看见那里随意散落着一些小户人家。往前走了一小段距离，道路左侧有一户人家，围着白色的围墙。朋友轻车熟路，直接推门进了院子。正是那个女学生的家。

"八重，你看我带谁来了。"

和这一带的传统住宅形式一样，进门先是土间，客厅设在土间的右侧。旁边有一间房间点着电灯，亮堂堂的。朋友打开推拉门，那个女学生正在里面缝衣服。

"啊——是老师。"

那个曾经总是向右歪着脑袋认真听讲的小女孩，如今已经是一位成熟的女子啦。她和我那位朋友显然很熟，一边嘻嘻哈哈开着玩笑，一边端出茶来，之后又风风火火地出了一趟门，为我们买来了配茶的点心。

那天晚上，从她和朋友之间亲昵的言行举止可以看出，或许他们之间很早以前关系就已经不寻常。如此看来，出门前朋友妻子的那顿冷嘲热讽也就好理解了。不过，我这人在男女关系方面素来比较迟钝，只觉得女子活泼大方很招人喜欢，所以那天晚上心情大爽，情绪莫名地高涨，不知不觉聊到深夜才告辞回家。

后来，我来到了东京。大约是在第二年夏天的时候，一个我熟知的男子上东京时来找我，两人聊天时又提到了他们。据说，后来随着那位朋友和女学生的关系逐步公开化，朋友的妻子也不是吃素的，发疯似的大吵大闹，女学生的亲戚们也纷纷站出来指责阻挠。朋友最后没办法，索性带着女学生一起逃到了大阪，在大阪府下的一所小学谋了份教师的工作。再后来，听说两人在大阪的日子过得也不顺畅，于是干脆跑到朝鲜去了。打那以后，我再也没有听到过朋友的消息，朋友家里的情况倒是还听人提起过一两次。朋友的四个小孩由他的老父老母抚养，妻子则和他断绝了婚姻关系。

我在上野广小路偶遇的那个女人，就很像当时和朋友一起前往朝鲜的那个女学生。我一路上又重新梳理了一遍朋友和那个女学生之间后来的事情。朋友的妻子已经和他离婚了，按照正常的事情发展走向，朋友和我那学生想必已经组建了新的家庭。如果我在路上偶遇的女子果真就是八重，那么她是搬到东京来了呢，还是小两口生活宽裕了，一起来东京旅游一趟呢？再或许，是不是就像很多类似的痴男怨女所演绎的套路一样，两人不管不顾出轨偷情，又不顾一切任性私奔，最后却敌不过世事纷扰而口角渐生，终至劳燕分飞，而女方又不可能再回到故乡，只好到东京来投靠相识的人呢？还是说她已经另外改嫁了，和后来的丈夫一起来的呢？总之，各种各样的可能情况我都想了一遍，就是不敢相信她是和我的朋友两人一起悠闲地到东京来旅游这样的美好桥段。

回到家后，我坐在火炉旁一边烤火，一边独自饮茶，顺便把事情对正在隔壁房间哄孩子睡觉的妻子说了。

"哦，这样啊。"

妻子既不认识我朋友，也不认识我那个女学生，所以对这个话题毫无兴趣，随便敷衍了我两句。我坐在温暖的炉子边，也不知不觉地睡着了。

第二天我从公司又回得晚了，仍旧到上野的广小路换乘电车，心想不如这几天都到这附近碰碰运气，说不定能有所获。我朝着厩桥的方向一路晃悠，一直走到不忍池的跌水口，一无所获，于是重新原路折返回来。

又过了五天，正好是星期天。天上原本一直阴雨不休，到了一点左右，雨终于停了，晴空万里，竟是个难得的好天气。于是，我出门到市谷的旅馆去拜访了一位军人，晚饭的时候两人喝了点酒，八点左右我原本准备打道回府，突然想起很久没去神保町的书店了，于是取道新见附，经过九段，沿着神保町右侧信步而行。空气中有些雾气，街边的路灯显得有些朦胧。那条街有两三家书店，其中一家时常会有一些珍贵的和本[1]出售，所以我直奔那家。不过，那天不巧，我逛了一圈也没有看到什么想买的书，只得出来，嘴里叼着烟草，朝神保町电车的信号灯方向走去。

正走着，迎面来了五六个身穿西装，一副公司职员打扮的人。我们擦肩而过，这时我才发现他们后面跟着一个穿着茶色竖条纹和服外褂的女子，此时正准备拐进右侧的路口。我乍看之下，总觉得那和服外褂的颜色分外眼熟，抬眼一看对方的脸，女子的侧颜和发型，都和那天我在广小路遇见的女子一模一样。

"呀……"

我不由得惊叫一声，停下了脚步。这时，女子也注意到了我，在我的斜对面转身面向我。女子那张脸的轮廓和眉眼之间，怎么看怎么像八重。正当我准备打招呼，叫出八重的名字时，女子却兀自走了。我赶忙紧随其后追进了巷子里，准备再次叫八重的名字，忽地转念一想，万一真的搞错了，对方只不过是一个长得像八重的路人，这么冒冒失失地在黑漆漆的巷子里胡乱叫人，难免让人觉得奇怪，于是只好住口。不过，我心下却九成认定对方就是我那女学生，如果又这么白白错过那就太可惜了，于是紧紧跟了上去。

巷子昏暗，只点着两三盏路灯。前面的女子碎步疾走。在第二盏路灯下往右拐，有一条更窄小的巷子，女子闪身转了进去。那条巷子更暗，连一盏路灯也没

1　指日本的古籍善本。——译者注

有。路面上铺着遮盖下水沟的木板，我的木屐踩在上面，敲出"咔嗒咔嗒"的响声。前面的女子则似乎穿着草鞋，走路连半点声音也没有。不多时，只见前方右侧出现了三盏昏暗的门前灯。女子走到最远处那盏灯前，拉开格子门走了进去，随即传来关门的时候接触不良的"咔啦"声。

我和女子之间只有十数尺的距离。当时我也很想豁出去叫住女子，可是终究没有勇气。女子进门之后，我心下十分懊悔，很想像个大男人一样鼓起勇气敲门进去，可是又考虑到对方终归是个年轻女子，万一搞错了，岂不是反被人当成附近那些不三不四的流氓同伙了。想到这里，我最终还是打了退堂鼓。不过，我对那女子实在太好奇，不甘心就这么白白放弃，于是又想，等明天下班后可以光明正大地过来探访，这样岂不更好。主意打定，我想先看一看对方的门牌，于是悄悄走到门口，看见入口的门楣上有一块白色陶瓷做成的门牌，上面写着山本清字样。

"山本清。"我在口中默默重复着这个名字。

"妈妈，门口好像站着一个人哪！"

我正自嘀咕间，房内一个女孩子突然喊了起来。我吓了一跳，赶紧落荒而逃。跑到巷子的转角处时，我又思量了一遍，觉得明天下班还是要再过来一趟，免得后悔。想着，我特意多看了两眼那盏门前灯，以便下次来的时候辨认。

第二天早上，我在上班的电车上还寻思着，今天下班途中要在神保町下车，到昨天晚上那户人家门上去问个清楚。可是，昨天门内那声"门口好像站着一个人哪"的女子叫喊，总在我的脑海里挥之不去，慢慢地搞得我那颗想要下班拐过去一探究竟的热情也不知不觉冷却了下来。这感觉就像自己被人看穿了，自己对那个女子超乎寻常的兴趣，是出于自己那肮脏的内心想法罢了。

那天下班后，我虽然坐上了从数寄屋桥开往土桥大塚间的电车，并且经过了神保町，但是我却并不想下车。再加上从下午三点开始天就下起雨来，才刚过四点，四周就暗了下来，我更加觉得兴味索然，干脆就那么坐着电车直接回家去了。

又过了一天，我虽然还时不时想着神保町的事情，但也没有了前一日的执着。当天傍晚下班后，我和一位在报社当记者的朋友在数寄屋桥的鸟屋一起吃完饭，朋友提议找个地方喝完茶再走，于是两人一起来到日比谷，进了一家位于青山麻布线电车停靠站左侧一个小角落里的咖啡店。

当时大概是晚上十点左右吧，车站和公园入口各处站着等待电车的乘客，大家的身影在薄雾中只能看到一个朦胧的轮廓。我走在朋友前面，沿着咖啡屋门前的石阶走了两三级，这时有客人从咖啡屋走出来。由于门是往外推的，于是我侧过身子等对方先过。出来的是两个学生模样的客人，正在他们松手送门弹回的瞬间，又走出来一个女子。或许是女子紧贴着门缝闪出来的缘故吧，女子簪在头上的一把泛着黑色光泽的梳子被碰落在地，落到了我的鞋尖上，发出了一丝轻微的声响。我俯身拾起梳子，转过身，这时女子正好一只脚跨下最后一级石阶，也回转身来。

我一看，她不就是前几次我在路上遇到过的那个女子吗？她看见我，似乎认识我的样子，满脸欢喜地正要开口说什么。正在这时，跟在我身后的朋友摇摇晃晃地走上前来，从后面拉着我说道："喂，你磨磨蹭蹭的在干吗？走啦走啦，我们快进去啦。"一边说，一边就要把我拖进屋去。

"等一下，我有点事。"说完，我想要甩开朋友的手，没想到他力气挺大，我根本甩不开。就这样，我被他强行拉进店去。

"哎呀，等等，等等。我刚才碰见朋友的妻子了，得去打个招呼。"

我好不容易摆脱了朋友，急急忙忙冲出咖啡屋。哪里还找得到那位女子的身影。那个女子怎么看都像是八重。她刚才看到我还一脸欣喜，而且明明还准备跟我说话呢。我在附近找了一圈，不见人影。前面不远处的站台上也有两三位等车的乘客，我赶过去找，也不是她。我想她有可能到开往神田方向的电车站台去等车了，于是又跑过去确认，还是没有。我手里抓着那把梳子无计可施，只得回到咖啡屋。

"喂，你怎么去了这么久？再不来我就走啦。"

朋友正坐在左侧的角落里喝着啤酒。一位穿着围裙的年轻女子，坐在对面陪他对饮。

"刚才遇到了朋友的妻子。她的梳子掉了，我捡起来正准备还她，都是你硬把我拉进来。刚才出去找，人已经走啦。你瞧，就是这把梳子。"我说着，举起右手握着的梳子给朋友看。那是一把缀着银质小星星的黑色塑料梳子。

"骗女人头上的首饰，倒是你的看家本领呢。"朋友红着脸笑话我道。

我从女子手中接过啤酒啜了一口，配合朋友的调侃笑了起来。

我看着递啤酒的女子问道："刚才我们进来的时候，不是出去一个女子吗？她是一个人来的吗？"

没想到女子歪着脑袋不解地说道："您说女客人？可是，刚才你们二位进来之前，店里并没有什么女客人啊！这就奇怪了。"

"你再好好想想。不是刚刚才从这里出去吗？一个穿着茶色竖条纹和服外褂，很时髦的女子。她出门的时候，把这把梳子碰掉了，我捡起来要还她，发现竟是我朋友的妻子。都怪这家伙硬把我拖进来，等我出去找她，人早就走了。你真的没看见一个打扮时髦的女子？"

女子还是一脸迷茫，说道："没看见。刚才真的没有什么女客人在里面啊。"

女子说完怕我不信，又朝着对面桌上正在陪两三个男子说笑的女伴问道："刚才这两位客人进来的时候，店里是没有女客人吧？"

那位女伴听了，莞尔一笑，露出染着铁浆的黑牙[1]，一脸可爱地开玩笑道："当然没有啦。要是有女客来，人家第一个就不答应。"

我越发觉得奇怪，转头问正在和身边的女伴调笑的朋友道："喂，你，你刚

---

1 即染齿，通常被视为古代日本公卿特有的文化，染黑齿会被作为成年或出嫁的标志之一。——编者注

才拖我进来的时候，有没有看见那个女的？"

"当然没看见，哪儿有你说的大美女！那时候出门来的，不是两个该送到动物园去的丑学生吗？"

既然朋友还记得那两个学生，那没道理想不起随后走出来的女子啊。慎重起见，我又问了一遍："就是紧跟在那两个学生后面出来的女子啊。你真的没一点印象？"

"没印象。照我说，那么漂亮的女人，怎么会来这种地方嘛。"

"那我捡到的这把梳子怎么说？"

"你还敢说，你这把梳子来得可疑。肯定是刚才你出去那一趟，又找猎物去了吧，哈哈哈……"

虽然朋友一味地调侃取笑，但是我却丝毫提不起取乐的兴致来。明明我手上就握着铁证，店里的人却一口咬定没有女子来过，这也太诡异了。

"这太奇怪了。"

我把梳子放在桌上，端起还剩一点啤酒的杯子，陷入了沉思。自己居然遇见了一个大家声称并未来过的女子，这等蹊跷事比起遇见女子这件事情本身更让我如鲠在喉。我知道有的人在发疯前会产生错觉，看见各种莫名其妙的东西，而且我还听说过这样的人，所以我怀疑这件事情会不会也是自己发疯前的征兆？这么一想，我不得不更加谨慎，开始回忆一天的始末。

早晨我出门，在平时经常光顾的烟草店里花了九分钱买了一份《朝日新闻》，店家找给我一分钱；上了拥挤的电车，自己的脚尖顶着前面那位女学生的脚背，私下兴奋得满脸通红；到了公司，上班，忙活；办公桌和自己并排的同事，像往常一样模仿经理说话训人；在公司附近的朋友打来电话相邀，于是出门赶往数寄屋桥外的鸟屋，两人聊些朋友八卦；接下来就是到了这里，捡到女子的梳子……一天的事情，一桩桩一件件，都能井井有条地回忆起来，一丝不乱。

"喂，你发呆想什么哪？"

朋友突然在我耳边大吼一声，吓了我一跳。朋友大笑起来。

"我说，你手上那把奇怪的梳子赶紧扔掉得了。都是因为它，搞得你神经兮兮的，快扔了，快扔了。"

或许真的是因为手上拿着这把奇怪的梳子，才弄得我胡思乱想。看样子也不是什么贵重的梳子，不如暂时寄存在这里，即便弄丢了也不打紧，下次如果再遇到那个女子，万一她问起来，横竖不过请她吃顿饭赔个罪就是了。

主意打定，我转向一旁的女侍说道："这位姐姐，这把梳子我先寄存在你这里，如果有人来找，你就替我交还给人家。不要紧的，万一弄丢了也不怪你。"

女侍并没当回事，轻轻松松就答应了。我好像完成了一桩心事一般，心下稍安，终于可以坐下来和朋友饮酒取乐，一直喝到最后一班电车来时。

第二天，我又想起了那把梳子。虽然昨天几个女侍都说没见过那个女子，可是也不排除店里人多时她们一忙起来，除了自己招呼的客人外，无暇顾及其他客人啊。我越想越觉得，不能只听信她们的一面之词。根据我自己以往的经验，这种情况是极有可能的，我自己就遇到过许多类似偏信则暗的情况。我想，无论如何还是先到神保町小巷子里的那户人家去打探打探为好。

不过，那天傍晚，家里突然来了本所的亲戚，所以下班后我就直接回家了。直到第二天，才得空在神保町下了电车，把想法付诸实践。

距离上次跟着女子寻到这里又过去了一段时间，我对当时门内那句"门口好像站着一个人哪"的叫喊，已经不那么在意了。所以，我虽然生性胆小，但那天却也并没有什么犹豫。第二户点着门前灯的，是一家小米店。从那家米店的墙角往右一拐，就可以看见白色的陶瓷门牌。我悄悄地走到那户人家的门口，一边敲门一边高声问有人在吗。一名老妪应声出来给我开了门，只见是一位五十岁上下，穿着得体的高个子女人。

"冒昧了。请问，这里住着一位弘光先生吗？"

"没有，这里没有别人，只有我和小女二人。"

她说的女儿，想必就是那天出声的那位女子。

"啊，原来如此。实不相瞒，上个星期天的晚上，我在路上遇见一位朋友的妻子，我正要打招呼，却看见她进了您的家里。本来那天想当场打扰探问的，却考虑到已经入夜，不好冒昧行事，所以只得作罢。如此说来，您家里可有其他客人？"

"这就奇怪了。我家已经很久没有客人出入啦。你该不会记错了，是其他邻居吧？"

"我不会弄错的，因为那天我特意记下了您家的门牌。"

两人正说着话，一位大约十六七岁，还稍显稚气的少女走了出来。

"妈妈，怎么了？"

"这位先生说，上周日的晚上，有个他朋友的妻子进了我们家。你想想，那天晚上，我们家确实没来过人对吧？"

"哦，没有啊。不过，妈妈，那天你不是在厨房对我说，门口来客人了吗？"

"对对对，我想起来了，确实是星期天的晚上。"

"就是嘛。可是那天晚上哪有人来啊。我不是还笑妈妈，说你的耳朵也太灵了点。"

"呵呵呵，是这么回事。"

"后来，我觉得门口好像有人站着，所以还对妈妈喊了一声不是吗？"

"没错，没错，这件事我也还记得。"

趁着母女之间的对话告一段落，我赶忙插进去说："那时候站在门口的正是我。因为当时看见朋友的妻子进了你们家，想要从后面叫住她来着，没想到这位小姐倒先喊了一声，我觉得有些冒昧，于是就先回去了。"

再加上前天梳子的事情，尽是些咄咄怪事。

"不过，这就奇怪了，您确定有女子进我们家来？"年老的女子皱着眉头问道。

"这点我敢肯定。衣服嘛，我记得是穿着茶色竖条纹和服外褂，鹅蛋脸，看上去二十五六岁的样子，是个容貌姣好的女子。"

"嗯，太奇怪了。我那天对女儿说门口来了客人，只是感觉有人来，其实并没有听见任何脚步声。"

"好奇怪啊，到底是什么啊？"少女看着母亲，一脸害怕。

我已经可以断定那位女子并不在这里，一直在这里和母女俩说下去，也只能徒然吓着她们，于是说道："那么，我再到别处看看吧，冒昧打扰了。"

告辞了母女，我也懒得再去左邻右舍打探，直接打道回府了。回家的路上，想起了那把梳子还有这段时间发生的种种异事，越想越奇怪。

正千头万绪理不清，我决定干脆不再去想那个女子的事情。可是一系列奇怪的事情毕竟还是发生了，一时半刻根本没办法从脑海里抹去。不过，我终究还是心存一丝期冀，所以暂时没有对任何人提起这些事情。

又过了一个星期。星期天那日，因为有些事情要找市谷那位军人一趟，所以下班后绕到了市谷，在那里和他喝完酒，到十点左右才开始动身回家。我先在饭田桥换了一次电车，然后又在水道桥再次换乘开往大塚的电车。上车后，我站在电车尾部的上车口。电车快到壹岐坂下时，和一辆春日町方向驶来的电车迎面交错。那辆电车里也挤满了人，所以打开了一两处玻璃窗户透风。我看见其中一扇窗前，一位女子斜侧着脸坐着。

我一看见那张侧脸，马上挥着手大喊："弘光夫人，弘光夫人。"对方也扬起脸看了过来，似乎已经认出是我，对我低头致意。她的确是八重。我仿佛又忘记了那把梳子以及神保町巷子中发生的那些咄咄怪事，很想弄清楚她到底住在哪里。我的内心又被勾起了在东京街头初遇时候的那份好奇。

从第二天开始，每当从公司下班回家，我都会分外留心路上遇到的年轻女性，然而四五天过去了，我再也没有遇见那道身影。就这样，到了第二周的星期天，天上下着雨。我哪儿都没去，静静地坐在书斋里看看杂志，写写信。大概三点左右，我那夏天才刚出生的儿子"哇哇"大哭起来，这时门外似乎来了女客人，妻子只好抱着哭闹的孩子到门外去接待。

"喂，是弘光夫人来咯。"妻子大声说道。我一听，心想莫不是她终于到我家拜访来了。我走出书斋，来到二楼的楼梯口说道："呀，快，快请进来，到楼上来。"接着又对妻子吩咐道："你让客人直接到楼上来就行了。你带孩子去吧。"

妻子在楼下说了句什么，似乎小孩的哭闹让她有点烦躁。接着，我听到小孩的哭声往里间去了。等了半天还没见客人上来，我想她大概在脱外套什么的吧，可是又等了一会儿，还是不见人影。

我对着楼下喊道："上来吧，到楼上来，别客气，反正家里也没外人。"可是楼下却没人回应。我想客人莫不是上卫生间去了，于是回到火盆边继续等待。就这样，又等了好一会儿，还是不见有人来的样子。我只好点上一支烟，边抽边等，这时总算从楼下传来一阵脚步声。原来是正在给停止哭泣的孩子喂奶的妻子。

"客人呢？"妻子一边走进来一边奇怪地问道。

"你问我，我哪知道啊？我一直在这儿等着呢，从头到尾都没见着人。该不会上厕所去了吧？"我心下实在纳闷，没好气地掉妻子道。

"什么，没人？我还以为她直接上二楼来了，所以就哄孩子去啦。这，这到底是怎么回事啊？"

"你确定她上二楼来了？这就奇怪了。"

"千真万确啊。真是怪事！"

我猛然想起，加上这次已经第三回了，回回都发生这种怪事。我顿时感到后背一阵发凉。不过，如果我把这些瘆人的事情说出来，生性胆小的妻子肯定会吓得花容失色。本来她就三天两头嫌房子太小，若知道这事，怕不是更要吵着换房子。果真让她这么闹起来，这大正月的，上哪里找房子去？

于是，我故意反问妻子："我说，你是不是搞错了？"

"我怎么可能搞错。刚才她明明自己介绍说是弘光太太，而且还进屋了。穿着茶色和黑色竖条纹的和服外褂。我刚才还喊了你一声不是？"

"那，会不会是小偷啊？"

"那样的衣着打扮怎么可能是小偷呢？明明是位端庄大方的小姐啊。"

"怪事！"话刚说出口，我就意识到应该安抚一下妻子。

"对了，也有可能是人家走错了门，进屋看到你才回过神来，于是又悄悄地走了呢。"

"是吗？可是我亲眼看见她进了玄关，而且一直看她往二楼上了两三级梯子了，才去哄孩子的。"

"那是因为走错了，被你看见不好意思，所以故意装作上两步梯子，等你离开了，便赶紧逃走了呗。"

"不过，也真是莫名其妙啊。"

"如果是个男的，错了就错了，直接当场就说了。女的嘛，总归是不好意思开口的。"

"不过，我还是第一次碰到这样的人。"

见妻子终于不再纠结此事了，我也稍微放下心来。

"女人嘛，不都是这样吗？"

"是吗？"

妻子待了一会儿，便自己下楼去了。我一边靠在火盆边，一边环顾这雨天里稍显昏暗的屋子。

事情的蹊跷，我也不是一点都没有感觉到，但向来相信唯物主义的我，又觉得这可能是类似发疯前兆一样的错觉，所以这两三天着实过得很郁闷。我还曾经亲眼看见过朋友发疯。那位朋友，一直怀疑住同一间宿舍的另一个朋友，把他偷偷自慰的事情告诉公寓里的其他租客以及周围的人，所以他觉得大家脸上全都写着对他的嘲讽，于是他和那另一个朋友大吵一架后，自己搬出去找了一家民宅寄宿。搬过去之后，他的行为举止仍旧很奇怪，所以我和一个当时正在医科大学读书的朋友一起去看他。后来，那位朋友的行为越来越怪异，所以我们两人把他带到精神病医院，还帮他办好了入院手续，不料，住院期间他竟然触柱身亡。

这件事情一直在我脑海里挥之不去，所以于我而言，再没有比发疯更可怕的事情了。我心下不安，所以第二个星期天，我便到桧物町一位看精神病专科的朋友那里咨询自己的情况。一直聊到傍晚，我才告辞回来。我打算到吴服桥乘电车，于是往车站的方向走去。这时，一位穿着印纹和服外褂的男子，正从吴服桥跨桥而来。虽然那人看上去很老，但居然是我那位朋友弘光。我心下暗想，今天又碰上奇怪的人啦。这时，对方似乎也看见了我，朝着我走来。

"你是弘光君？"我问道。

"你是某某君吧？"没想到，对方居然叫出了我的名字。来人就是弘光君。于是我突然想到，他们应该是夫妻两人都在东京吧。

"你什么时候来东京的？"

"我刚到，才下车呢。"

"哦，八重她比你先来一步吗？"

"没有，她没来。你这么说，是有听说什么吗？"

"那倒没有。我先前只听说她和你一起到朝鲜去了，后来就什么消息都没听到了。倒是前一段时间，我好几次都遇见了和八重长得很像的人，我还以为你们俩一起来东京了呢。"

"你遇见她了？这……"

弘光那张苍白的脸上，闪过一道讶异的表情。直觉告诉我，他们之间一定发生了什么事情。

"八重没有和你在一起吗？"

"没有。这个，发生了一些事情，还是请你不要再问了。"

"好吧，那就不问了。你准备上哪儿去？不如到我家去吧？"

"太感谢了。不过，我还有事，这就告辞了。"

我觉得在弘光身上一定发生了什么大事，不过我没有继续追问。

"我的住址在这上面，有空的时候记得来找我。"我抽出一张名片准备递给他，不过他却没有伸手要接的意思。

"啊，其实，不用名片我也知道你住哪里。这次恐怕没办法上你家去了，我今晚就要到东北去。"

"好吧，那我就不勉强你了。下次有机会咱们再见。请你多保重。"

"那么，这就告辞了。"

弘光说完，转过身，越过电车铁轨，往日本桥方向走去。他的背影披上了一层黄昏金色的阳光，逐渐隐没在熙熙攘攘的人群中。不知怎的，目送着他远去的背影，我突然觉得心中充满了忧郁和凄凉。

前往大塚的电车缓缓启动，我猛然回过神来，纵身跳上电车，双手紧紧握住冰凉的黄铜扶手，掌心里还捏着那张没能递出去的名片。

化物语

收录于作者一九二三年出版的怪谈小说，该书为作者的日本怪谈小说集。

化物語

原稿现存于日本九州长崎中古书店，于首版五十七年后由"恶桑派"译者探访获得。

四谷怪谈

故事发生在元禄年间。

四谷左门殿町住着一位供职于御先手组[1]的小吏，名叫田宫又左卫门。

又左卫门因为眼神不济，所以在处理公务时多有不便，于是想着为自己的女儿阿岩招赘，之后就可以功成身退，悠闲度日了。

不过世事难料，阿岩患上了天花，痊愈之后脸上便蜕了一层皮，皮肤宛如铺了柿漆纸般粗糙不堪，右眼上还生了白斑，头发也变得稀稀拉拉，成了一个彻头彻尾的丑女。

那年，阿岩二十一岁了。又左卫门夫妇为女儿的婚事操碎了心，终于，又左卫门一病不起，不久之后便撒手人寰了。

如此一来，又左卫门的朋友——秋山长右卫门、近藤六郎兵卫等人犯了愁：本打算为阿岩招赘纳婿，以继承又左卫门的家业，奈何阿岩又是如今这般相貌，招赘之事困难重重。

1　江户幕府时负责江户城治安的军队，分为弓箭组和火枪组。——译者注

众人无计可施之际得知有一位口才出众的男子，就住在下谷的金杉，名叫小股潜又市，于是赶忙打发人将他请来，共同商量对策。

"这事虽然有些棘手，但只要舍得花钱，还愁招不到夫婿吗？"又市说完便回去了。没过多久就有了消息，说是已经找到了合适的人选。

此人名叫伊右卫门，是摄州的一名流浪武士。伊右卫门被又市的花言巧语所惑，答应先来拜访一下未来的岳母，顺便参观一下宅邸。这天，他跟随又市登门拜访。

伊右卫门三十一岁，是个名副其实的美男子。

伊右卫门到府上之后，阿岩的母亲连忙出来迎接，却始终没有让阿岩露面。伊右卫门察觉到事情不妙，悄悄跟又市嘀咕："为何不见小姐？"

又市答道："太不凑巧了，阿岩生病了。不过你不用担心，阿岩虽然容貌不佳，但她擅长女红，心灵手巧，人也十分温柔。"

伊右卫门心想，娶妻不同于纳妾，无非是为了延续香火，实在没有必要刨根问底。这个瘦削的流浪武士现在一心只想尽快继承三十俵二人扶持的俸禄[1]。

双方很快谈妥了婚事。伊右卫门不仅貌比潘安，还生了一双巧手，擅长木工。他们便向御先手组的头目三宅弥次兵卫提出申请，希望由伊右卫门继承又左卫门的职位，并特意强调了伊右卫门精通木工。另外，定于同年八月十四日为二人举行婚礼。

这天，在又市的陪伴下，伊右卫门带着入赘捐官的十五两银钱，搬进了阿岩家，准备继承官职。

阿岩家正忙着筹备婚礼，人来人往。伊右卫门很快便被迎到了座位上。

这时，阿岩在近藤六郎兵卫妻子等人的簇拥下来到了宴席上，她背光而坐，将脸侧向一边。伊右卫门早就从又市那里听说阿岩相貌平平，但也终究不是亲眼

1　这里指主君给予臣下的俸禄。一人扶持为一人每天领五合米，一年约五俵，三十俵二人扶持合计为四十俵。——译者注

所见，心中难免忐忑不安，忍不住偷偷看了一眼。那是一张妖怪般丑陋的脸，让人再也不想看第二眼。

伊右卫门不禁倒吸一口凉气。但他转念一想，如果现在悔婚，那么眼看即将到手的官位就泡汤了，天下哪有两全其美的好事呢？于是他硬着头皮和阿岩举行了婚礼。

伊右卫门终于如愿成了阿岩家招赘的女婿。

这男子不但相貌英俊，而且精明强干，又体贴周到，自然深受岳母喜爱。至于阿岩，更是对伊右卫门百依百顺。但伊右卫门始终对妻子的相貌无法释怀，终日闷闷不乐。

伊右卫门开始时还因为三十俵二人扶持的俸禄沾沾自喜，但婚后不到一年，阿岩的母亲便去世了。他自此更加肆无忌惮，对妻子的厌恶之情也与日俱增。

当时，御先手组有一位捕快，名叫伊藤喜兵卫。此人阴险狡诈，因陷害同僚、收受贿赂而被众人厌弃，但他城府极深，竟没人能奈何得了他。

喜兵卫至今未娶正妻，只纳了两个小妾，其中一个小妾名叫阿花，如今已经身怀六甲。喜兵卫已年过半百，他想着自己已经这把年纪，生儿育女实在麻烦，于是盘算着将小妾送予旁人。但若要将妾室送人，难免要花一大笔钱，他苦思冥想，只想寻一个不需要银钱的人家。

突然，他想起经常来自己府上帮忙的伊右卫门，听说其妻相貌丑陋，深受厌弃。他马上差人将伊右卫门请到府上，并大摆宴席招待他。推杯换盏之际，喜兵卫提起了此事。

"你就收了她吧。日后我定不会亏待你。"

其实，伊右卫门对阿花垂涎已久，心中暗暗窃喜。

"但是我怎么才能跟那个妖妇一刀两断呢？"

"简直是小菜一碟。"

喜兵卫将计策告诉了伊右卫门。

伊右卫门听完便回家了。他很快便将家里的衣服、用具都挥霍一空，夫妻二人的生活也变得十分窘迫。无奈，阿岩只能把唯一的一个婢女也打发走了。伊右卫门经常夜不归宿，阿岩只能独守空房，她也逐渐对伊右卫门心生怨恨。

这天，喜兵卫差人来告诉阿岩，说他有事要与阿岩商谈，让她晚上务必到府上一趟。

傍晚时分，阿岩见伊右卫门迟迟未归，便将家门关好，去了喜兵卫家。喜兵卫赶紧出门迎接，并将阿岩请至客厅。

"我今天请你来，完全是因为伊右卫门。人不可貌相，他虽然相貌堂堂，但其实是个浪荡子弟，不但经常赌博，还时常去赤坂的堪兵卫长屋找比丘尼喝花酒。近来竟为一个比丘尼赎了身，日夜和她鬼混在一起。但我们是明令禁止赌博的，此事一旦被上头发现，定要将他革职查办。如果事情真到了这步田地，你身为他的妻子，一定会受到牵连，恐怕就只能流落街头了。到时候，田宫家的官位也会落入他人之手。我与你的父母向来交好，也曾想过规劝他，但奈何我这捕快的身份，终归有命令之嫌，不便出面。所以请你务必好好劝劝他，让他及时悬崖勒马。"

喜兵卫的一席话让阿岩顿时羞愤交加。

她放声大哭，恨不得把心中的怨恨和牢骚一股脑儿地发泄出来。然而，当她回到家中时，却见家门紧闭，伊右卫门仍然没有回家。但其实那晚伊右卫门就躲在喜兵卫家，他在隔壁房间里将喜兵卫与阿岩的对话听得一清二楚。

第二天早上，阿岩正在佛堂诵经。阿岩家信奉日莲宗。这时，伊右卫门走了进来。

"我昨晚回家了，但是你不在，你到底去哪儿了？竟然趁丈夫不在家的时候出去鬼混，真是不守妇道！"

阿岩昨晚去了喜兵卫家，并没有做什么亏心事。如今就因为一次短暂的外出，竟要被沉迷女色的赌徒丈夫如此责骂，心中更是愤愤不平。

"伊藤喜兵卫差人叫我过去，我便去了他府上。我只不过在他府上小坐了一会儿，你却如此咄咄逼人。而你又做了什么好事呢？你如果不相信我，大可去问伊藤喜兵卫大人。"

"喜兵卫大人就算让你过去，也没有让你趁家中无人的时候出去。蠢婆娘！"

伊右卫门猛地扑向阿岩，对她大打出手。阿岩撕心裂肺地哭喊着，然而却始终没有人来救她。

伊右卫门对阿岩一顿拳打脚踢之后便出门了。

阿岩独自走进房间，将棉被盖好，躺了下来。她心中懊恼不已，竟拿出剃刀，想就此了结自己的生命。但又想到自己死后一定会被伊右卫门说成是得失心风而死，她更加觉得心有不甘，索性扔下剃刀，蓬头垢面地去了喜兵卫家。

喜兵卫似乎早就料定了阿岩会找上门来，已经等待多时了。

"你这到底是怎么回事？"

"伊右卫门竟对我大打出手，我定要去状告他。"

阿岩浑身发抖，啜泣着说道。

"这事固然是伊右卫门不对，你生气也是理所当然的。但如果妻子告发丈夫，上头不但不会受理，到头来还得迁罪于你，所以我劝你还是三思而后行。但看样子伊右卫门还是不思悔改，沉迷吃喝玩乐，现如今你又落到了这般境地，想必你们夫妻二人也断无可能再继续生活下去了。我与你父母过从甚密，和伊右卫门也相熟，不能偏袒任何一方。但如果任由事情发展下去，对你二人都没有好处，所以长痛不如短痛，为今之计，只有一条路可走，那就是跟他分开。伊右卫门当初入赘时曾拿出银钱，买了田宫家的职位，也不能让他就此拱手让人。不过你大可以和他断绝夫妻关系，然后出去谋个差使，先离家两三年。毕竟你还这么年轻，我保证为你另择良婿。"

阿岩听信了喜兵卫的花言巧语，最终同意与伊右卫门一刀两断，不过前提条件是伊右卫门必须将此前变卖的衣物如数奉还。

其实，这都是伊右卫门的圈套，他从未抵押过阿岩的衣服，而是将它们悉数藏在了熟人家里。他将衣物取回，并如愿以偿地和阿岩离了婚。

阿岩此后又经喜兵卫介绍，由四谷盐町二丁目的纸贩子又兵卫作保，去三番町的一位低级武士家做了缝补用人。而将阿岩赶出田宫家的喜兵卫想尽快将阿花嫁予伊右卫门，但又苦于没有中间人，所以吩咐伊右卫门去托近藤六郎兵卫做媒人。

六郎兵卫的妻子曾在阿岩出嫁时亲手为她涂铁浆，又深知喜兵卫的为人，于是断然拒绝。

伊右卫门无奈之下只能去求秋山长右卫门，并择良辰吉日——七月十八日作为婚期。就这样，伊右卫门与阿花举行了一场简单的婚礼，到场的也只有至亲好友。

秋山长右卫门夫妻、近藤六郎兵卫都出席了婚礼。觥筹交错之际却来了三位不速之客——今井仁右卫门、水谷庄右卫门、志津女久左卫门，他们都是伊右卫门的朋友。

一时之间，众人乱作一团。

突然，从灯笼旁钻出一条一尺来长的红蛇。伊右卫门大吃一惊，连忙用火筷子将其丢进了院子里。但片刻之后，那条蛇又神不知鬼不觉地爬回了灯笼旁边。这次，伊右卫门用火筷子夹好，将它扔进了后院的草丛中。

拂晓时分，亲友们陆续回家了，那条红蛇却从天花板上掉了下来。伊右卫门认定这是阿岩的怨气作祟，心中愤恨不已，狠狠地抓起那条蛇，再次将它扔到了后院的草丛中。

阿岩虽然每天忙着缝缝补补，但还是时常想起伊右卫门，然而她早已对此事释怀了。一天，阿岩正在后厨忙碌，卖烟丝的茂助突然来了。阿岩家也是茂助的老主顾，所以二人十分熟络。

"这不是田宫家的小姐吗？我早就听说您来这边了，原来就是在这家啊！您过得怎么样？经常回左门殿町吗？"

"我已经和那不争气的丈夫分开了，如今在这儿讨生活。我没回去过，但谅那比丘尼道行再高，也拿那个浪荡子没有办法吧！"

"唉！小姐，看来您还被蒙在鼓里。伊右卫门大人早已娶伊藤喜兵卫大人的妾室阿花为妻了！"

"什么？此话当真？"

"小人不敢有半句虚言。我也是听别人说的，据说为了他二人的结合，喜兵卫大人、长右卫门大人、伊右卫门大人三人串通一气，伊右卫门大人整日花天酒地也是为了把您赶出家门。"

"好啊……原来如此。听你一番话，我就都明白了。畜生！混蛋！"

阿岩怒目圆睁。一眼望去，这位皮肤粗糙、眼睛生了白斑，连头发也稀稀拉拉的丑女与夜叉无异。茂助大惊失色，慌忙逃跑了。

阿岩怒火中烧，恶狠狠地念叨着伊右卫门、喜兵卫、阿花、长右卫门的名字。与阿岩一同干活的女佣们试图劝解，但阿岩哪里还听得进去。

一个名叫传六的年轻武士企图上前阻拦，阿岩大喝一声"你小子也要助纣为虐吗"，一把将那名年轻武士推倒在地。她发狂一样地冲进厨房，将所有的厨具丢了出去，然后跑出了家门。

武士家岂能坐视不管，赶忙派人追了出去，但阿岩早已消失得无影无踪了。他们又向十字路口的看守人打听情况，看守人告诉他们："有一个二十五岁左右的女子披头散发地跑到四谷门那边去了。"于是众人又匆忙赶往四谷门，但终究还是没有发现阿岩的身影。

很快，伊右卫门便听说阿岩在东家那里发了疯，如今下落不明。伊右卫门刚听到消息时还有些心神不宁，但转念一想，如此一来，自己的绊脚石就消失了，想到这里他又松了口气。

第二年四月，妻子阿花生下了孩子。毋庸置疑，孩子的生父是喜兵卫。但从那以后，伊右卫门家的日子也算安稳，阿花又陆续生了三个孩子。老大名叫阿染，已经十四岁了。老二名叫权八郎，现年十三岁。老三铁之助也已经十一岁了，而最小的阿菊才刚刚三岁。

七月十八日夜，伊右卫门一家人正在悠闲地纳凉，这时，阿岩的身影出现在了走廊尽头。

"伊右卫门，伊右卫门，伊右卫门。"她连叫三声之后便消失了。伊右卫门为了驱邪，拿出火枪在家中空放了三枪。但小女儿却因此受了惊吓，进而引发全身痉挛，虽然遍访名医，但始终不见好转，最终在八月十五那天不幸夭折。

自此以后，伊右卫门家便怪事不断。

先是阿染房内不时有男子出没，后来伊右卫门又经常在半夜醒来的时候看见妻子身旁躺着一个男人，但一眨眼的工夫又消失了。

一天黄昏，老三竟在后院看到了已经夭折的小女儿，她还吵着要老三背她。老三吓得落荒而逃，此后也染上了重病。尽管伊右卫门请了日莲宗的僧人祈愿，但老三的病情也没有任何起色，最终老三也在那年的九月十八日病死了。

伊右卫门方寸大乱，特意去杂司谷参拜了鬼子母神，却无济于事，怪异之事仍然接连发生。

转年，妻子阿花也身患重病。然而祸不单行，就在阿花患病之际，四月八日，权八郎去芝区增上寺参加法会，当晚突然染上了霍乱，第二天便暴毙而亡。

五月二十七日，阿花也离开了人世。

伊右卫门本想为阿染招赘，也已经为他觅得了良婿——源五右卫门，但那年六月二十八日却突然风雨大作，电闪雷鸣，就连东屋的房檐都被风卷走了。伊右卫门只能爬到房顶上修缮房屋，不料却一脚踩空，摔断了腰骨，瘫痪在床。不久，他耳朵上的伤口开始溃烂、化脓，脓水竟引来了老鼠！最开始只是一两只，后来越来越多，家人不堪其扰，只能将他藏进柜子里。七月十一日，伊右卫门也含恨而终。

源五右卫门继承了田宫家的职位，但没过多久，阿染也生了重病，终年二十五岁。

阿染过世之后，源五右卫门唯恐被厄运牵连，于是打算收养一名养子，之后再搬出宅邸。然而还没等他搬走，宅邸之内的树木突然纷纷倒地。

源五右卫门从那以后便精神失常了。田宫家就此断了香火，俸禄也被收回去了。

田宫家自此再也没有了继承人，而伊藤喜兵卫家由喜兵卫的养子继承了家业，喜兵卫则过起了隐居生活。但他的养子很快也辞去了职务，将官位交给了新右卫门。

喜兵卫第二代继承人新右卫门经常去吉原的花街柳巷，后来被安上了杀害同伴的罪名，锒铛入狱。最终落得个斩首示众、抄家充公的下场，就连新右卫门父子也被流放了。

喜兵卫第一代家主喜兵卫的养子受乳母之子觉助的照拂，勉强保住了性命，但也在十二月二十八日去世了。

而秋山长右卫门家的女儿阿恒则死于食物中毒，紧接着他的妻子也过世了。

当时田宫家和源五右卫门家已后继无人，而田宫家的宅邸又在长右卫门家附近，所以暂时由长右卫门掌管。

不久，长右卫门便平步青云，当上了组长。随后受此时的御先手组的头目浅野左兵卫之命，为田宫家重整门户，遂选择自己的后人庄兵卫作为田宫家的继承人。但如此一来，自己的家业却无人继承，只能将持筒组¹一小吏的次子，十三岁的小三郎收为养子。那是庄兵卫继承田宫家后的第三年。

一天，庄兵卫正和十几个朋友一同在路上散步，突然发现路上有一个乞讨的老妇，看样子五十岁上下，相貌丑陋。和庄兵卫同行的近藤六郎兵卫最先注意到了那老妇。

"这老婆子像是田宫又左卫门的女儿！"

但其他人闻言却说："阿岩比她矮，而且面相更为丑陋。"

庄兵卫从小便对这些怪事有所耳闻，不由得心生恐惧，第三天傍晚便染上了疾病。长右卫门害怕庄兵卫后继无人，第六天傍晚也身患重病，第八天晚上就撒手西去了。紧接着，庄兵卫在十天后也溘然长逝，田宫家再次断了香火。

小三郎在养父死后的第十四天为他举行了法事。

1　江户幕府时直接保护将军的火枪队。——译者注

第二天早上六点，竟有人在厨房烧火。烧火的人是一位五十岁的老妇。小三郎感觉事有蹊跷，试图跟老妇搭话，然而老妇却不见了踪影。

次日早上，老妇的身影又出现在了地炉旁。

当时小三郎还在睡梦之中，是小三郎父亲家的男仆重左卫门发现了她。小三郎起床之后听闻此事，仔细检查了庭院，就连走廊下的角落都没有放过，然而却只发现了一只黑猫。但他仍然惴惴不安，于是请了僧人来诵读大般若经，即便如此，不久之后，小三郎也病故了，秋山家也断了香火。

最后，就连秋山和田宫家的宅邸也被拆毁，好事者议论纷纷，这两座宅子也成了人们口中的左门殿町妖宅。

祭奠澡盆的故事

山地将播磨国[1]和但马国[2]远远分开。群山深处的山谷里藏着一个只有十几户人家的小村落。村子里没有什么像样的产业，人们靠着烧木炭和打猎为生。

那是明治十五年、十六年时候的事情。

有一天，一位行脚僧人悄然而至，站在了勘右卫门家的门口，请求借宿一晚。勘右卫门是个猎户，他家在村子的最里面。

那天勘右卫门不在家。他的妻子和女儿出门来看：年轻的僧人只有二十六七岁，长得眉清目秀，看起来温厚善良。两人觉得他不像坏人，就留他住了下来，由于家里地方太小，甚至还有点怕怠慢了客人。

不多时勘右卫门回到了家里，他同样没有对僧人起疑心，当天晚上还和僧人聊了很久。僧人讲了很多旅途中的奇闻逸事，让人大开眼界。

第二天早上到了僧人要告别的时候，不巧天下起了瓢泼大雨，下了足足一整

1　日本古代的令制国之一，位于今日本兵库县。——编者注

2　日本古代的令制国之一，位于今日本兵库县北部。——编者注

天，雨依旧没停。没办法，僧人只能在这里继续逗留。

相处时间久了，女儿千代慢慢对僧人产生了好感，而僧人似乎也被年轻貌美的千代所吸引。

千代虽然只有十六岁，但相貌出众、性情温柔，远近的青年男子都为她倾倒。

过了一段时间，僧人说自己也没有着急想去的地方，想在山里找个合适的地方搭个草庵，静心修行。此后他便每天一早出门，傍晚才回来，有时千代也会陪他一起出去。

勘右卫门的妻子无意间得知僧人随身带了很多钱，就想利用千代将他的财产骗到手。她去找千代商量，被千代断然拒绝了。然而勘右卫门对僧人的品性和行踪起了疑心：身为僧人却没听他念过几句经文，还带了那么多的钱。

勘右卫门起了疑心，同时还担心女儿被僧人欺骗，每日里烦闷不已。

有一天勘右卫门下山去村里的小酒馆喝酒解闷，恰巧碰到一位朋友。两人聊天时朋友的一番话让他胆战心惊。

朋友说："你家住的那个行脚僧该不会是个通缉犯吧？听说外面出了政治犯，有乱党想要谋反，一些家伙沿路杀人，躲过追捕，一直逃到了西部。如果那个行脚僧也是其中一个，还是赶紧把他交给警察吧。"

勘右卫门这时还不知道妻子想要拿了僧人的钱，把千代嫁给他。勘右卫门只知道自己听完这些以后心情越发苦闷，头痛不已，却又做不了什么。

僧人有洁癖，很喜欢泡澡。千代有时会去洗澡间陪着他，给他搓搓背、揉揉肩。

这天晚上僧人照例泡在澡盆里，用毛巾搓着肩膀和胸口，很是惬意。

外面月光游荡。忽然一个蒙面人闯了进来，手里握着火绳枪，火绳的末端闪着萤火一样的光亮。

枪声响起，千代慌忙赶了过来。僧人胸部中弹，鲜血把澡盆里的水染得通红。千代哀叫一声，瘫在了地上。

后来人们才知道，被杀的僧人并不是政治犯，而是一名四处流窜的强盗，但更具体的信息就无人知晓了。

警察埋葬了僧人的尸体，也开始调查究竟是谁杀了他，但始终没有找到什么线索。

由于勘右卫门曾为僧人的事表现得非常苦恼，因此警方开始怀疑他并把他抓了起来。

可怜的千代，经不起这么多打击，终于疯了。从此以后她就到处乱跑，不管是谁家的澡盆都要去看上一眼，痛哭一场。到后来只要看见空的澡盆就脱光衣服跳进去，有人敢阻止她就要放火烧屋子，所有人都拿她没办法。

无奈，勘右卫门家只好把她关进笼子里，不想她偷偷逃了出来，一把火把自己家烧得精光，自己也坐进澡盆里烧死了。

随后不久，杀死僧人的犯人上吊自杀了，原来他是曾被千代拒绝过的一个年轻人，勘右卫门也终于从拘留所被放了出来。

没过几天，千代的冤魂每晚都会在洗澡间出现的传言就传开了。

村子里再没有人敢在自己家里洗澡，于是大家建了个公共澡堂，都在那里洗澡。

开设公共澡堂的是一家卖酒和杂货的商店，顺便还经营旅馆。商店后面有条小河，澡堂就用水车从那里取水，因此洗澡水里经常漂着树叶、虫子什么的，有时还有小鱼在里面游来游去。

不仅如此，每到千代的忌日，村里人还会专门祭奠澡盆来安抚千代的冤魂。

这天村子里的人一天都不能洗澡，大家把澡盆刷干净，还要在澡盆前摆上供品，点燃长明灯，形式和盂兰盆节迎接祖先的灵魂回家差不多。

这个故事是我从常年行商，走遍各国的K君那里听来的。听完后我很好奇，便问他："那个村子现在还保留着这个习惯吗？"

K君回答："谁知道呢，毕竟是三十年前的事情了。"

这么说来，现在村子里依然在这么做也未可知。

怪乘客

一天，飞行驾驶员A与机械师T一同执行飞行任务，他们驾驶着客机正飞在朝鲜海峡的上空。

这天成片的乌云压得很低，凛冽的东北风像是要把飞机的双翼撕碎一般，以二十米每秒的时速疯狂咆哮着。飞机下面汹涌的巨浪宛如野兽露出的獠牙，分分钟就能将飞机吞没。

飞机像单薄的树叶一样在空中飘摇。虽然这是常飞的航线，但是这般恶劣的天气两人还是第一次遇到。所以驾驶员A紧握着操纵杆，机械师T紧盯着发动机，谁都不敢有丝毫的放松。

只见飞机被卷入狂风中，不停地摇晃着。机械师T抬头猛然一看，飞机闯入了一片黑压压的乌云之中。

"啊！危险！"T心想着，与此同时身体也随之飘浮在半空中，飞机正以极快的速度往下坠落。

"啊！"他不由得惊呼出来。但是，转瞬间飞机竟又猛地一下子往上冲去。

"太好了！"他心里暗松了一口气，然后心有余悸地拭去额头上的冷汗，余光不经意间掠过后面的客舱，只见客舱左侧第二个座位上坐着一个瘦骨嶙峋的男人。

T主要负责发动机的维修点检，出发时总是最早登机，所有并不太会注意飞机上乘客的情况。

"原来只有一个乘客呀。"他庆幸道。

这时，飞行员A听到声音回头看了一下。风刮得更猛烈了，而不知何时还下起雨来，飞机晃动得更剧烈了。

T拿起铅笔在记事本上写了几笔，然后递给了前面的A，上面写着："就一个乘客吗？"只见A目视着前方，轻轻地摇了摇头。T又在记事本上写道："是两个吗？"

A还是摇头。

客舱里明明只有一个人呀，真是奇了怪了。T不解地想着，又回头看了一下。这个乘客仍然坐在那里，一动不动地望着窗外。

正当T再次认为只有一个乘客的时候，A用右手在前挡风玻璃上比画着"没有"，他很清楚地记着飞机上并没有乘客。看到A比画的内容，T不禁大吃一惊，他急忙拿起笔继续在记事本上写道："不可能呀，左侧第二个座位上明明有一名乘客。"

接过记事本看了一眼内容的A吓得差点从座位上站起来，急忙向后看去。天哪！正如T所说，后面客舱里真的坐着一个瘦如骷髅一般的男人。最清楚今天没有乘客的他不禁不寒而栗，只觉得天旋地转，差点没一头栽倒。

过了好一会儿，A才缓过神来。然后他向T比画了个手势，示意T去看看。T虽然也吓得腿发软，但仍然鼓起勇气朝客舱走去。可此时客舱空荡荡的，连个人影都没有。

"真是活见鬼了！"T边想着边从门后到椅子下面全部找了个遍，可哪里都没有刚才那个乘客的身影。

他顿时面色苍白，感觉浑身的血液都凝固了。回到驾驶室后他只是茫然地握紧三根操纵杆，引得三个发动机发出巨大的轰鸣声，仪表盘的指针也马上就要爆表了一般。而T只是沉默地盯着指针，此时的飞机像是被活物附体一般再次剧烈晃动起来。

这个故事摘自平野岭夫的《航空日本》一书。

妖婆

这是画家镝木清方的夫人因产后发热住院时的故事。

这位夫人在深夜被送到了医院，此时外面已是夜深人静。

夫人躺在担架上，透过担架缝隙和手忙脚乱的人们向外看，看到了奇怪的一幕：一个看起来像是修行者的人，身着一件整面都是卍字的白衣，手提灯笼，前后摇晃地缓步行进。

一行人终于到了医院，只是医院的正门此时已经关闭，只能从进出遗体的小门进入医院。

怪事就在两三天后发生了。

这日夜里，熟睡中的夫人突然被什么东西惊醒。她不经意间抬头看去，只见一个老太婆悬在天花板上，披头散发，穿着一件碎花的和服，正伸着弯曲钉子一样的长脖子面目狰狞地盯着夫人。

夫人被吓得不敢动弹，但很快就冷静下来。她想起了刚嫁过来时曾听过的传说："惧怕此物者大凶。"

想到这儿，夫人咬紧牙关，睁大了双眼狠狠地瞪着这个妖婆。

夫人几乎使出了吃奶的劲儿，连眼睛都没眨一下。妖婆最后败下阵来，心有不甘地嘟囔道："你还真是个不简单的女人。"

说完这老太婆便一点点后退到了墙角，消失不见了。

妖婆刚消失，就听见走廊里传来一阵急促的脚步声，负责照顾夫人的护士飞奔而来，一边喘着粗气一边问夫人："您遇到什么怪事了吗？"

夫人说："没什么。"

听到这儿护士才大舒了一口气，解释道："我担心您的病房里来人了，说起来有点不可思议，您隔壁的病房里，患者突然指着天花板大喊着谁来了谁来了，然后就没了呼吸。"

听到这儿，这位勇敢的夫人也不禁倒吸了一口凉气。

"悉桑派"译者团队

成立于 2016 年，由国内多位知名日语翻译家倡议发起。该团队专注于研究式翻译，团队成员均为国内文学翻译界资深人士，从事日本文学研究平均达十年。曾主持译介夏目漱石、川端康成、堀辰雄、中岛敦、梶井基次郎和三岛由纪夫等多位日本作家的经典作品，备受好评。

《日本民间故事》"悉桑派"译者团队

潘郁灵 / 总统筹
"悉桑派"译者团队创始人、青年翻译家，负责书稿翻译及译者团队日常管理。
陈广琪 / 古典文学顾问
精通古文、俳句，负责古典文学类书稿翻译及古籍资料搜集。
张齐 / 总策划
青年翻译家，负责书稿翻译及策划工作。
孟璐璐 / 内容统筹
青年翻译家，负责书稿翻译及内容统筹工作。
岳冲 / 古典文学翻译
青年翻译家，主攻文学类书稿翻译。
汤丽珍 / 古典文学翻译
青年翻译家，主攻文学类书稿翻译。
伍能位 / 古典文学翻译
青年翻译家，主攻文学类书稿翻译。
杨晓琳 / 翻译
青年翻译家，精通日本现代文化。
郭伟 / 翻译
刘爽 / 翻译
陈燕燕 / 翻译
谢烈睿 / 翻译
苏文正 / 翻译

"悉桑派"译者，日本文学资产的运营专家。